魔王と村人A

〜転生モブのおれがなぜか魔王陛下に執着されています〜

CHARACTERS
アルス
リスティリア王国の現在の支配者。
漫画「リスティリア王国戦記」では
魔王として、普人族（人間）を
奴隷にして虐げていた。
レンに並々ならぬ執着を持つ。
レン
漫画「リスティリア王国戦記」に
酷似した世界に転生した青年。
幼い頃はアルスと同じ村で
暮らしていたが、
現在は王都の宿屋で働いている。
片目を失明している。

親父さん
レンが勤める宿屋の店主。
行き場のないレンを
拾ってくれた恩人。
ミーナ
レンの同僚で、
宿屋に併設された食堂の
ウェイトレス。猫系獣人。
エルミ
アルスの部下&メイド。
サキュバス。
色っぽくて優しいお姉さん。
バルトルト
アルスの秘書&執事を務める青年。
ダークエルフ。
アルスを心から敬愛している。

プロローグ

「――レン！　悪いが、これも一緒にあっちのテーブルに運んでくれ！」

「はい、分かりました！」

返事をする前に、おれは親父さんからお盆を受け取っていた。そして、左手にエールが入ったジョッキを二つ、右手に料理がのったお盆を持って、テーブルからテーブルへと渡り歩く。

この宿屋で働き始めてから、今年でもう八年。いまや給仕もすっかり慣れたものだ。

――おれがいるのは、リスティリア王国の王都にある宿屋だ。

この宿屋は、二階が宿泊のための部屋、一階が食堂になっており、食堂は宿泊客でなくとも利用できる。そのため、お昼時の今は、大変に混み合う時間である。

「お待たせしました！」

「おう。ありがとうよ、兄ちゃん。ところでよ、この品書きに書いてあるラビオリってのは、どんな料理だ？」

持っていた皿とジョッキを配り終え、厨房《ちゅうぼう》に戻ろうとしたところで、二人組の男性客から声をかけられ、足を止めた。

見ると、テーブルにいる二人の背中には小さな黒い蝙蝠《こうもり》の羽が生えている。また、上着とズボンの間からは、黒光りする長い尻尾がのぞいていた。

――魔族だ。

このリスティリア王国が、魔王率いる〝革命軍〟に大敗北して一か月が経過した今――魔族や獣人族が、王都を闊歩《かっぽ》するのも珍しい光景ではなくなった。

それに二週間後には『建国祭』もおこなわれる。

革命軍に敗れる前の建国祭は、王様のありがたいお言葉が町の各所に掲示され、限りなく水に近いエールが一杯振る舞われるだけの、正直あってないような祭りだった。

しかし、今年は魔王陛下が王国の支配と自身の即位を大々的に喧伝《けんでん》するために、建国祭とあわせて戴冠式もおこなうそうだ。そのためかなり大掛かりな祭りになると噂されている。そのせいか、町を行く人々の間には、種族関係なく、どことなくそわそわとした空気があった。

無論、うちの宿屋としても、大歓迎だ。魔族や獣人族のお客様が増えてもなんの問題もない。ちゃんとお金を払って、ご飯とお酒を楽しく召し上がってくれるお客様が、いいお客様である。

「店によって味付けは違いますが……うちのラビオリは、小麦粉を練った生地の中にひき肉とチーズを入れています。で、それを茹でたものにトマトソースがかかっているんです。美味しいですよ」

「へぇ、うまそうだな。じゃあそれを一つ追加で頼む！」

「ありがとうございます！」

魔族のお二方から新たな注文を受ける。すると、おれたちの会話を聞いていたのか、周りのテーブルからもラビオリの注文が入った。よくよく見ると、食堂に置かれたテーブルのうち、三分の一が魔族や獣人族で占められている。

「うちの店もグローバルになったなぁ……」

厨房《ちゅうぼう》にいる親父さんに追加の注文を伝え、しみじみとそんなことを呟く。すると、そばで皿洗いをしていた従業員の一人が、不思議そうに小首を傾げた。

「にゃにゃ？　レン、ぐろーばるって一体なんだにゃ？　呪文かにゃ？」

「あ、えっと……グローバルっていうのは、おれが前に住んでた場所で使ってた言葉なんだ。国際的とか、そういう意味だよ」

「ふーん？　レンは難しい言葉を知ってるんだにゃあ！」

そう言って、にっこりと微笑む彼女の頭の上で、三角形の猫耳が揺れた。

彼女もまた、革命軍との戦争のあとに、親父さんによって雇われた猫系獣人である。頭の上にぴょこんと生えている猫耳の他に、給仕服のスカートの裾からは尻尾がのぞいている。

しかし、危ない危ない。ついうっかり、前の世界で使っていた言葉が出てしまった。

日本で平凡なサラリーマンをやっていたおれが、この世界に転生してからもう二十年近くの月日が経過したっていうのに、忘れてないもんだなぁ……。

「それにしても、今日は一段と忙しいにゃあ。そろそろ注文のピークも終わったし、レンもうちも朝から休みなしで働いてるからにゃ。ちょっと休憩させてもらおうにゃ」

そう言うと、彼女は手についた泡を水で流し、くるりと振り返って厨房《ちゅうぼう》の親父さんに声をかけた。

「ちょっとうちらは休憩させてもらうにゃ！　十分くらいしたら戻ってきますにゃ！」

「ああ、二人ともご苦労だったな。ミーナちゃん、お茶でも飲んでゆっくり休んでおいで。レン、お前はさっさと戻ってくるんだぞ！」

「ありがとうございますにゃー」

「ありがとうございます、休憩入りまーす」

親父さんのあからさまなえこひいきに苦笑いをしながら、おれはミーナちゃんと二人で裏口から宿の外へと出た。

猫系獣人であるミーナちゃんが従業員として入ってからというもの……いや、採用面接の時からか。ともかく初めて会った時からずっと、親父さんはミーナちゃんにメロメロだ。

いわく「あの猫耳と屈託のない笑顔を見ているだけで癒《いや》されるんだよな～……しっかし、あんな可愛い種族を『普人族《ふじんぞく》のなりそこない』なんて言ってたこの国の貴族や王族は、本当にどうしようもねェ奴らだったんだなぁ」とのことである。

ちなみに普人族とは、おれたち人間の種族名だ。

まぁ、後半の意見にはおれも同意である。

おれは顔を上げて、宿屋の裏口から延びる、石畳の路地の先を見つめた。

リスティリア王国の王都の中心には王族の住む王城が聳《そび》え立ち、その周りに貴族街が、さらにその周りに平民の中でも裕福な層が住むエリアが――といった感じで、外に向かうほど生活レベルが低くなっていくドーナッツ型の造りになっている。

おれが住み込みで働いているこの宿屋は、平民の中間層が住む区画にあるが、ここからでもリスティリア王城はよく見えた。雲一つない青空の下、金の装飾が施された白亜の城は、太陽の陽ざしを受けてきらきらと輝いている。

今日も今日とて、王城は美しい。

こうしていると、一か月前にこの国が魔族・獣人族の革命軍によって大敗を喫《きっ》し、あの王城に住んでいた王族が軒並み処刑されたなんて思えない。まるで、別の国の出来事のように感じてしまう。

「……アルス」

近いようで、はるか遠くにある王城を見つめながら、おれは懐かしい名前を呟いた。

彼の名前を唇にのせると、懐かしさがこみ上げるのと同時に、刺すような痛みを覚える。罪悪感と後悔による痛みはどんどん激しくなり、おれはそっと城から視線を逸らした。

「レンは誰か城に知り合いでもいるのかにゃ？」

「え？」

「今、なんだか泣きそうな顔してたにゃ。もしかして、その……処刑された王族とか貴族とかの中に、知り合いでもいたのかにゃ？」

そばにいたミーナちゃんが、気遣わしげな表情で声をかけてきた。

自分はそんな顔をしていたのだろうか。

おれはなんとか笑顔を作ってミーナちゃんに向き直った。

「心配かけてごめんね。でも別に、知り合いが死んだわけじゃないんだ。っていうか、おれに貴族の知り合いなんかいるわけもないし」

おれが冗談っぽくそう答えると、ミーナちゃんはホッとした顔になった。

「にゃらいいけど……でも、なんか悲しそうな顔してたにゃ」

「うーん……貴族様に知り合いはいないけれど、実は革命軍に昔馴染《むかしなじ》みがいるんだよね。だから、彼のことを考えてたんだ」

「にゃんと！　じゃあ、レンのお友達がお城にいるにゃ？」

「うん、そうなんだ。その友達が、元気でいてくれればいいなぁって思って、お城を見てたんだ。今はあそこにいるはずだから」

「ふーん。せっかく王都にいるんにゃから、会いに行ったりしないのかにゃ？」

「……会いたいとは思うけれど、昔、喧嘩別れをしちゃってね。まぁ、全面的におれが悪かったんだけどさ。そもそも、あれから八年も経つし、向こうはおれのことなんか覚えてないんじゃないかな」

そう言って、もう一度、はるか遠くに聳《そび》える王城を見つめる。

そう、おれの古い友達……アルスは、今はあの城の玉座にいるはずだ。

なにせアルスは、この国の王族や貴族に虐《しいた》げられていた魔族と獣人族を解放した立役者であり、彼らをまとめて革命軍の指揮を執《と》った〝魔王〟なのだから。

「――おい、レン！」

そんなことを考えていると、不意に、背後にある裏口の扉が慌ただしく開かれた。

見ると、親父さんが血相を変えておれを手招きしている。

しまった。早く戻れと言われていたのに、ついついぼーっとしてしまった。

「すみません、親父さん。すぐに仕事に戻りま……」

「レン！　お前、一体なにをやらかしたんだ⁉」

「へっ？」

なにをしたと言われても、おれはここで休憩をとっていただけだ。

まるで意味が分からずに、ぽかんとして親父さんを見つめ返す。

すると、親父さんはますます焦った表情で、おれの両肩をがしりと掴み、がくがくと身体を揺すってきた。ちょっ、目が回る！

「お、親父さん……⁉　ちょっ、苦しいですって！」

「今、王城から――魔王陛下からの使いって奴らが店に来てんだよ！　そいつら、お前を今すぐ王城に登城させろって言ってるぞ⁉　お前、なにをやらかしたんだよ⁉」

「…………はぁ⁉」

1

――さて。時間もあるし、少し、これまでのことを整理しよう。

まず、おれの名前は進藤廉太郎《しんどうれんたろう》。年齢は二十六歳で、冷凍食品製造業の営業部門に勤める、一介のサラリーマンだった。

親しい友人は幾人かいたものの、恋人はおらず、休日といえばもっぱら録りだめしていたアニメやドラマを見たり、買っておいた漫画を一気読みしたり。なんてことのない、平凡な人生だった。

しかし、そんな平々凡々だった人生は、突如として終わりを迎えることとなった。社用車で営業先に向かう途中――反対車線を走っていた車が、急に車線を外れ、おれが運転する車に真正面から突っ込んできたのだ。フロントガラスの向こうで、相手の車の運転手が意識を失い、ぐったりとハンドルにもたれかかっているのが見えた。

おれは慌ててブレーキを踏み、ハンドルを切ろうとしたが、間に合わず――そのまま相手の車と正面衝突をした。

それがおれがあの世界で最後に見た光景だ。

――次に目を覚ました時は、もうすでにこの世界にいた。

最初は、自分の身になにが起きたのかさっぱり分からなくて、パニックになった。なにせ、おれの年齢は二十六歳だったはずなのに、なぜかガリガリのチビの子どもになっていたのだ。

だが、おれが混乱状態に陥《おちい》っている期間はそう長くはなかった。

といっても、別に状況がすぐに呑み込めたわけではない。

おれがこの世界で目を覚ましたのは、このリスティリア王国のかなり端のほうにある農村だったのだが、そこはとても貧しい場所だった。

食事は一日二食で、それも固くなった黒パンとほとんど具のないスープだけ。無論、水道も電気もガスも通っていないので、水が必要なら川から汲《く》んでこないといけないし、火をつけるのにも火打ち石が必要。子どもも大人も、日が昇ると同時に目を覚まして、朝から夕方まで必死に薪《たきぎ》拾いや農作業をおこなう。

なので、おれは冷静にならざるを得なかったのだ。

この村はあまりにも貧しく、子ども一人がわけの分からないことを言ってパニックになっていたところで、仕事を免除してもらえることはない。そんな余裕は誰にもなかった。

そのため、おれは必死で自身の感情に折り合いをつけ、ひとまず、村の一員として振る舞いながら、状況を把握することに徹した。

まず分かったのは、今の自分の名前だ。〝レン〟というのが、おれの名前だった。

年齢は不明。まともな食事をとっていないせいで、身体は小さく、体格から年齢を推し量ることも難しかった。

次に分かったのは、自分の家族構成だった。

おれの両親は、おれがまだ物心つかないうちに流行《はや》り病によって亡くなったらしい。そのため、おれは父の弟である叔父夫婦に引き取られていた。

だから、おれの家族は、叔父と叔母、叔父夫婦の実子の三人だ。

が、家族といっても便宜上そう述べただけであって、叔父夫婦――特に叔母さんのほうは、あからさまにおれを鬱陶《うっとう》しがっていた。まぁ、明日の自分たちの食べ物さえ見通しの立たない、貧しい一家なのだ。叔父夫婦がおれを疎《うと》ましく思うのも理解はできる。

しかし、理解はできても、その状況を受け入れられるかは別である。

どうして平凡なサラリーマンだったおれが、こんな貧しい農村の子どもとして目を覚ましたのか、まったく意味が分からない。

そして、最終的に分かったことは、ここはおれが知る地球ではないということだった。

これは、村人たちの髪や目の色や、空にある星によって分かったことだ。

まず、この村にいる人々は、大半は黒髪黒目なのだが、一部の人間は赤や黄色、紫色など、奇抜な色合いの髪と目の色をしていた。

また、おれはこの村が地球上のどこにあるのかを判断すべく、夜中にこっそりと家を抜け出して、空にある星を見てみたのだが、そこにおれが知る星や星座は一つもなく、星の位置も地球とはまったく異なっていた。

結局おれは『日本で死んだ進藤廉太郎は、この世界でレンという少年に転生した』と結論付けた。

正直に言って、こんなに辛くて惨《みじ》めで、寂しくてひもじい思いをするくらいなら、転生なんてせずに、あのまま死んで終わっていたほうがマシだったけれど。

だからといって、自殺する勇気があるわけもなく……おれは叔母さんに命じられるまま、薪《たきぎ》拾いに山羊《やぎ》の世話、農作業の手伝いなどをして、日々を過ごした。

田舎でのスローライフというには過酷すぎる日常だったが、人間は順応していくものだ。三か月も経つと、おれはだいぶこの状況に慣れていた。

そして——その日もおれは、薪《たきぎ》拾いのために森の中へと入っていった。

生憎《あいにく》、あたり一帯の薪《たきぎ》はすでに他の村人たちに拾われてしまったようで、なかなかいい薪《たきぎ》がなかった。

だから、もっと森の奥に行くことにした。運がよければ木苺も見つかるかもしれない。

「……あれ？　こんなところに洞窟《どうくつ》があったんだ」

森の奥に分け入ったおれは、目を丸くした。

見ると、洞窟《どうくつ》付近の地面には足跡がいくつもある。洞窟《どうくつ》自体も大人でも楽々と入れるように入り口が広げられていた。

「人の手が入っているってことは、村の皆が使っている場所なのかな？　貯蔵庫にしては不用心な場所だけれど……」

少し迷ったあと、おれは洞窟《どうくつ》の中に入ってみることにした。

どうせ村に戻っても、叔母さんに次の仕事を命じられるか、他の子どもたちにいじめられるだけだ。両親がいないおれは、村の中でもヒエラルキーが低い存在のようで、年上の子どもや青年にからかわれたり、意地悪をされることが多かった。

恐る恐る、洞窟《どうくつ》の奥に進んでみる。

「中は、けっこう明るいな」

外から見た時は、洞窟《どうくつ》の中は真っ暗闇に見えていたが、中に入ってみると、そうでもなかった。先に進むのに支障はない。

まるで童心にかえった心地で、ワクワクしながら、洞窟《どうくつ》の中を進む。

そして——洞窟《どうくつ》の奥にたどり着いたおれは、足を止めた。

「……これって……」

洞窟《どうくつ》の奥は、木でつくられた格子によって遮《さえぎ》られ、それ以上進めないようになっていた。

とはいっても、洞窟《どうくつ》は格子のすぐ先で終わっている。

試しに手で格子を掴んで揺すってみたが、かなり頑丈に作られているようで、おれの力ではびくともしない。

ふーむ……ここは一体なんなのだろう？　見た感じ、格子の向こうには丸まった布が積んであるくらいで、村の食料や備品が保管されているわけでもなさそうだ。

「いや……倉庫というよりは、まるで座敷牢みたいだな」

そう、ぽつりと呟いた時だった。

おれのものではない声が、すぐそばで響いた。

「——なんだ、お前。なにをしに来た？」

ひび割れたような、かすれた声だった。

「っ⁉」

突然聞こえた声に、おれは驚きのあまりに腰が抜けそうになった。今まで、この場には自分しかいないと思っていたのだ。

格子を握る手にぎゅっと力を込めて、恐る恐る周囲を見回す。

だが、いくら見ても、おれ以外にこの洞窟《どうくつ》に入ってきた人物はいなかった。困惑していると、再び、すぐそばで声が響いた。

「なにをしに来たかと聞いている」

声が響いてくる方向を見る。

驚いたことに、その声は格子の向こう側で発せられていた。

格子でしきられた、洞穴の暗がりの中。

そこに、一人の少年が立っていた。

「き、君は……？」

ぼさぼさの黒髪にこけた頬。おれもガリガリのチビだったが、目の前にいる子どもはそれ以上だった。さらに目の下にはクマがあり、頬もガサガサしている。

また、身につけているものも、服というよりも、大きなずだ袋を無理やりに身体に巻きつけているといった風体だ。

そういえば……先ほど、暗がりの中に布切れが丸めて置いてあるのを見た。どうやら、あれは布が置いてあったわけではなく、この子どもが丸まっていたか、蹲《うずくま》っていたものらしい。

「……………」

正面に立つ少年は、無言でおれの顔をじっと見つめてくる。

鋭い眼差しだった。水気のない薄汚れた顔の中で、金色の瞳だけが、異様にぎらぎらとした光を放っている。

「君は……なんでこんなところにいるんだ？　遊んでて出られなくなっちゃったのか？　それなら、大人の人を呼んでくるけれど……？」

少年に向かって、恐る恐る尋ねる。

少年は無表情でじっとおれを見つめ続ける。だが、問いかけに対する答えは返ってこない。

しばらく無言のまま、おれと少年はお互いを見つめていた。

なんと言おうか迷っていた時、少年の唇が開かれた。

「俺が死んだかどうか、確認しに来たのか？」

「えっ？」

「俺はまだ死んでいないし、まだ死にそうにない。確認が終わったなら、さっさと行け」

少年はそう言うと、くるりとおれに背中を向けた。

そのまま離れていこうとする少年に、おれは慌てて手を伸ばす。格子の隙間から、なんとか少年が身に纏《まと》う服もどきを掴むことができた。

少年は足を止めると、驚いたように目を見開き、自分の服を掴んでいるおれの手を見つめた。

「……なにをしている？　放せ。お前も死にたいのか？」

「さっきから、死んだとか、一体なんの話をしてるんだよ？　そもそも、君はなんでこんなところに一人でいるんだ？」

お仕置きなどの理由で、一時的にここに閉じ込められているという様子ではない。明らかに少年は長い期間、ここに閉じ込められているようだった。

こんな幼い子が、一人きりでここに閉じ込められなきゃいけない理由などあるものだろうか？

おれは必死で少年の服を掴み、訴えかけた。

「なにか理由があるのかもしれないけれど……それにしたって、君みたいな子どもが一人っきりでこんなところに閉じ込められるのは間違ってるよ。ここに君を閉じ込めているのは、村の人たちなのか？」

しかし、必死で訴えかけるおれとは真逆に、少年は冷めた顔をしていた。

いや——冷めたというよりは、諦めきった瞳だ。

他人に対し、なんの期待も抱いていない瞳だった。少なくとも、こんな幼い少年がしていいい表情ではなかった。

不意に、少年が口を開いた。

「俺が、母親と、村人を殺したからだ」

「え……？」

告げられたその内容に、おれは目を丸くする。

「俺がここにいるのは、母親殺しの罰と、もうこれ以上誰かを殺さないようにするためだ。分かったなら、さっさと行け」

「お母さんを殺したって……まさか、君みたいな子どもが？」

少年のしゃべり方には、そのボロボロの風体とは裏腹に、どこか威厳のようなものがあった。おそらくは、彼が生まれ持った資質なのだろう。

「……疑うなら、村の奴らに聞いてみればいい。俺の母親と、村人たちがどんなむごたらしい死に方をしたか教えてくれってな」

そう言うと、少年はおれの手を振り払って、暗がりへと行ってしまった。

「ま、待って！」

だが、その後、おれがどんなに声をかけても、少年が戻ってくることはなかった。返事もない。

「……っ……」

ここに少年を一人きりで残していくのは気が引けたが、しかし、もうこれ以上、どうすることもできなかった。おれは、後ろ髪を引かれる思いで洞窟《どうくつ》をあとにした。

外に出ると、ずっと薄暗い中にいたせいで、陽ざしが目に痛かった。しぱしぱと瞬《まばた》きをする。

……あんなに幼い子どもが、人を殺すなんてこと、あるんだろうか？

自分がなぜこの世界に転生したのかも分かっていないのに、この世界での謎がまた一つ増えてしまった。

「……あ。そういえば、名前を聞かなかったな」

あまりの異様な事態に、名前を尋ねることも、自分の名前を伝えることも忘れていた。

……また、ここに来よう。そして、その時は今度こそあの子の名前を聞いてみよう。

そう考えた時、ふと、唐突に脳裏にひらめいた一節があった。

──リスティリア王国の東のはずれにある、貧しい農村。その村の近くにある洞窟《どうくつ》には、黒髪に金色の瞳を持つ、一人の少年が閉じ込められていました。

その少年は、かつて、自身が持っていた魔力を暴走させて、村の人々、ならびに自分の母親をばらばらにして殺してしまったのです──

「……あれ？」

その一節は、おれが日本でサラリーマンをやっていた時に読んだ、ある漫画のものだった。

漫画のタイトルは『リスティリア王国戦記』。

物語は、魔王率いる魔族によってリスティリア王国が占拠されてしまい、普通の人間──普人族すべて奴隷にされるところから始まる。

この漫画の主人公も、リスティリア王国の平民であったが、占拠時に家族を殺され、自身は奴隷階級に落とされてしまった。だが、奴隷として魔族に虐《しいた》げられながら日々を生きていた彼は、ある日、神託を授かって勇者としての使命に目覚める。そして、仲間と共に魔王を倒し、リスティリア王国を取り戻すというストーリーだ。

──その『リスティリア王国戦記』のラスボスである〝魔王〟なのだが……

魔王の名前は、アルス。黒髪に金色の瞳を持ち、そして、幼少時代はリスティリア王国のはずれにある農村で、洞窟《どうくつ》に作られた牢屋に閉じ込められて育ったのである——

「まさか……そんな、嘘だろ？」

さあっと血の気が引くのが自分で分かった。

愕然《がくぜん》としながら、何度も何度も漫画の内容を思い返す。

自分が、あの『リスティリア王国戦記』の世界に転生してしまったなんて、嘘だと思いたかった。

だが、どれだけ否定しようとも、思い出の中にある『リスティリア王国戦記』の魔王アルスの顔立ちは、先ほど見た少年とうり二つで——

＊＊＊

「——到着しました。馬車からお降りください」

かけられた声に、ハッと我に返る。

そうだ。宿屋に使者が来て王城に向かっていたんだった。

いつの間にか、馬車の窓から見える光景はすっかり様変わりしていた。どうやら目的地に到着したらしい。

おれは、同乗していた魔族の青年に促《うなが》されるまま馬車を降りる。

「うわぁ……」

いつも遠くから見つめるばかりだった白亜の城が、今、おれの目の前にあった。こんなに近くから王城を見たのは初めてだ。

……いまだに、自分がここにいることが信じられない。というか、これからあのお城の中に入るなんてことも信じられない。

先ほどおれの勤める宿屋に来た魔族の兵士たち。

彼らは、びっくりしているおれと親父さんを尻目に、淡々と「魔王陛下がこの宿にいるレンという男を登城させるようにと命ぜられた。貴様に拒否権はない。近くの大通りに馬車を待機させているので、準備をしたら共に来るように」と告げてきた。

あまりに一方的な物言いに、おれは彼らに説明を求めたが、「魔王陛下のご命令に逆らうつもりか？」と言われてしまい、話にならなかった。親父さんも一緒になって事情を尋ねてくれたが、やはりダメだった。

承服しかねる命令だったが、文句を言ってもどうにもならない。

リスティリア王国は魔族との戦争に負けた立場であり、魔王アルスはこの国の新王である。王の命令に敗戦国の平民が逆らうなんてことができるわけもなく、こうしてこの王城にやってきたわけだ。

「どうぞ、こちらへ」

「分かりました」

宿屋にやってきた二人の魔族の兵士のうち、一人は取り付く島もなく、もう一人は慇懃無礼《いんぎんぶれい》な応対だった。もちろん、二人のどちらからも、こちらに対する好感は感じられない。二人とも、魔王陛下の命令だから仕方なくやっている、というのがありありと態度に出ている。

そんな二人のあとに続いて、おれは王城に向かって進む。

王城の正門までは馬車で来たのだが、正門を抜けた先は城に向かって大階段が延びていた。三百段以上は優にありそうな石階段を上りきった時には、おれは肩でぜぇぜぇと息をしていた。無論、兵士の二人は平然とした顔をしている。

こ、こっちの世界に転生してから、日本人だった時よりもかなり体力がついたと思っていたのに……ちょっとショックだ。

だが、王城の中に入った途端、そんな苦しさはあっという間に忘れてしまった。

外から見てきらびやかだったお城は、むしろ、中のほうがすごかった。

左右には大木のような円筒形の柱がずらりと並び、高い天井にはクリスタル製のシャンデリアが三つも吊り下げられている。大理石の床は、おれの顔が映りそうなほど、ぴかぴかに磨かれていた。

そして、さらに進むとまたもや大きな石階段があり、その奥には、彫刻の施された巨大な扉が見えた。扉の前には、兵士たちが剣を腰に佩《は》いて立っている。おそらく、あの大扉の奥が玉座の間なのだろう。

だが、おれの前を歩く兵士たちは玉座の間には進まなかった。左側に進んで円筒形の柱を回り込むと、その脇にあった階段を上っていく。

二度目の階段にうんざりしたが、幸いにも、ここは外の大階段ほどの長さはなかった。

階段を上がった先は、正門ホールとは雰囲気ががらりと変わり、床も大理石ではなく、真っ赤な絨毯《じゅうたん》が敷かれていた。廊下の脇には彫刻や花の活けられた花瓶がいくつも置かれており、壁には絵画もかかっている。

……しかし、ちょっとこれはやりすぎじゃないか？

素人目にも、派手すぎるような気がする。彫刻とか花瓶とか、数えただけでもう二十個目だけれど、こんなに置いておく必要があるのか？

っていうか、その花瓶も彫刻も、金箔で過剰な装飾がされていたり、宝石でゴテゴテに飾られていたりする。絵画も絵画で、額縁がピカピカの金色だし。おかげで目が痛くなってきた。

そりゃ、王族が住むお城なんだから、調度品が質素じゃあ他国に舐められるのかもしれないけどさ……でも、リスティリア王国民たちの税金が、こういった贅沢品に使われているのかと思うと、なんだかやるせなくなってくるな……

金ピカの芸術品を見てうんざりしていると、前を歩いていた二人の兵士が、一つの扉の前でぴたりと足を止めた。

この扉にも、見事な彫刻が施された上に金箔が貼り付けられている。

「――魔王陛下。件《くだん》の者をお連れしました」

三回のノックのあとに、兵士が緊張した面持ちで扉に向かって声をかけた。

おれもハッとして居住まいを正す。

少しの沈黙のあと、扉の向こうから重々しい声が返ってきた。

「……ご苦労。その者だけを入室させろ。お前たちは持ち場に戻るがいい」

その返答に、兵士二人が顔を見合わせた。

おれも驚きのあまり、息を呑む。

その言葉どおりなら、扉の向こうの人物とおれは、このあと二人っきりになるということだ。てっきり、この兵士たちも同席すると思っていたのに……！

「よろしいのでしょうか？　御身の護衛として、我らも共にいたほうが……！」

困惑する兵士に、しかし、扉の向こうの声は揺るがなかった。

「そのような脆弱《ぜいじゃく》な普人族が、たった一人で一体なにができるというのだ？　お前は、そこのやわな男にこの私がどうこうされると思っているのか」

「い、いえ、そのようなことは！」

「……その男は、剣も魔法もこれっぽっちも使えない。その程度の奴のために、お前たちの時間を浪費させたくないのだ」

焦っていた兵士たちが、その返答を聞いて感じ入ったような表情になる。

「おお……そういうことでしたか。陛下のお気遣いを察せなかった私めをお許しください。では、そういうことであれば……」

一人の兵士がゆっくりと扉を開けた。

もう一人の兵士に小突かれるようにして、おれは恐る恐る足を踏み入れる。背後の扉が閉まる。

おれは正面を見つめた。

そして――そこには、かつて見慣れた、しかし、今ではすっかりと見違えた男の姿があった。

あんなに小さかった背丈はずいぶんと高くなり、おれよりも頭一つぶんはある。身体にはしっかりと筋肉がついており、その姿はしなやかな黒豹を連想させた。黒い髪の毛は肩につく程度の長さだ。

けれどただ一つ、金色の瞳の鋭さだけは変わっていなかった。

人を射貫く、心の奥底まで見透かすような、鋭い光。

「……アルス」

――魔王アルス。

それが、彼の今の名前である。

そう――おれの目の前にいるこの眉目秀麗《びもくしゅうれい》な男こそが、先の戦における革命軍のリーダーだ。

アルスは強力な魔法を使いこなし、各地の奴隷たちを解放して革命軍を組織した。いつしか彼は革命軍の者たちから、魔を率いる王――魔王と呼ばれ始め、その二つ名は瞬《またた》く間に王都にも伝わってきた。

アルスがこのリスティリア王国の玉座を奪い取ったあとも、魔王の名は畏怖と畏敬の念をもって使われている。

「……その目はどうした？」

黙って向かい合っていたアルスが口を開いた。

が、言われたことの意味が分からず、きょとんとしてしまう。

しばらくして、ようやくアルスが言わんとすることが分かった。

「ああ、右目のことか。これは、昔ちょっとね」

「……ふぅん？」

アルスが聞いたのは、おれの右目のことだろう。白い眼帯に覆われたそれは、今ではすっかり視力を失っている。だが、右目を失ったのはずいぶんと昔のことなので、今ではさほど不自由さも感じていなかった。

アルスはそれ以上はなにも言わず、どさりと正面にあるソファに腰かけた。

「……こちらに来い」

言われるがまま、アルスが座るソファの正面に立つ。

アルスが顎《あご》で床を示したので、意図を察して床に跪《ひざまず》く。

仮にも魔王陛下――今では国王陛下か――の前なので自分から進んでそうするべきだったのかもしれないが、前世でも今世でもずっと庶民のおれに、そこらへんの礼儀作法は期待しないでほしい。

「――で？」

「え？」

アルスが端的に問いかけてきた。

が、端的すぎて意味が分からない。

「自分より下に見ていた、可哀想なものだと見下していたモノに、こうして言葉ひとつで呼び出される気分はどうだ？」

……ああ、そういう意味か。

アルスは無表情のまま、おれを見下ろしている。

その視線は絶対零度よりもはるかに冷たく、そして切り刻まれそうなほどに鋭い。

おれは少し考えたあと、素直に自分の今の気持ちを述べることにした。

「えーっと……なんでおれがここに呼ばれたんだろうって疑問と、魔王陛下からの直々の呼び出しとはいえ、仕事に急に穴をあけちゃって宿屋の親父さんに申し訳ないな、って気持ちだけれど」

「……貴様、ふざけているのか？」

ふざけているわけじゃない。ただ、アルスの視線があんまりにも鋭くて、下手な言い訳は一切通用しそうになくて——そういうところが、本当に昔から変わってないなぁと思ったら、なんだか懐かしくて嬉しくなってしまったのである。

でも、それをありのままに告げられる雰囲気ではなかったので、とりあえずおれが心の隅でずっと気に病んでいることを告げてみた次第だ。嘘を言っているわけでもないしな。

「ふざけたり、冗談を言ってるわけじゃなくて……ただ、今のアルスは、種族関係なく民衆に人気の、いい王様で通ってるんだからさ。ただの一市民をこんなふうに呼びつけて大丈夫なのかな、と思ってさ」

そう——このリスティリア王国は、今、おれの目の前にいる魔王アルス率いる革命軍に敗北した。

王城は占拠され、この国の王族や主要な貴族は軒並み処刑され、城下町には魔族や獣人族が闊歩《かっぽ》するようになった。

けれど――おれが読んでいた漫画、『リスティリア王国戦記』のストーリーとは違い、それは決して暴力的な支配ではなかった。

確かに、魔王アルスが今まで奴隷として虐《しいた》げられていた魔族と獣人族たちを率い、王族や貴族を殺し、この国を乗っ取ったところまでは同じだ。

だが、漫画とは違って、魔王アルスはリスティリア王国民たちを奴隷にすることはなかったのである。

それどころか、彼はリスティリア王国に攻め入り、王城を落としたあと、「魔族や獣人族を奴隷に貶《おとし》めていたのは、この国の王族と貴族であり、平民にその咎《とが》を問うことはしない。無辜《むこ》の民を傷つけた者は、革命軍の者であっても厳重に処罰する」と布告を出したのだ。

確かにアルスの言うとおり、この国の王族と主要な貴族は腐りきっていた。

なにせ、前リスティリア国王は「近年の国庫の状況を鑑《かんが》みて、一般市民の家屋の窓や扉に税を課すこととなった。これは一般的な家庭において扉・窓が贅沢品の類《たぐい》であり、通常の営みには必要不可欠なものではないと判断したものである」と宣言していたくらいである。

要約すると「国のお金がなくなっちゃったから、一般市民は自宅の窓や扉の枚数ごとに税金払ってね！　ドアとか窓とか、ふつーに暮らす分には別に必要ないから贅沢品だよね？　屋根があれば住むには充分でしょ？」という意味だ。

平民は日の当たらない地下に住めとでも言うのだろうか？

それとも、平民は全員まとめてホームレスかテント暮らしにでもなれと？

しかも、平民が貧困に喘《あえ》いでいるのを尻目に、王族や貴族は酒池肉林ざんまいで、魔族や獣人族を攫《さら》ってきては使役魔術で奴隷に落とすという蛮行を繰り返していたのだ。

年々重くなる税金と、暴虐を尽くす彼らに、民衆の不満は溜まりに溜まっていた。

まぁ、そんなわけで「王様や貴族が殺されようが、これ以上この国は悪くなりようがないだろ!」という空気だったのである。

……とはいえ、もしもアルスが『リスティリア王国戦記』と同じように「我らが味わった屈辱と苦渋を、この国の民にも同じように味わってもらう」なんて言い出したりしていたら、この国は漫画同様、さらに悪いほうへ悪いほうへと転がり落ちていったはずだ。

だが、実際に出された慈悲深い布告のおかげで、平民の暮らしは守られた。

しかも先日、アルスは、「年貢や通行税を軽減し公共事業をおこなう」と発表した。

そのため、今や種族関係なく、魔王アルスの評判はうなぎ登りだ。

というか、王や主要貴族の首がさらされ、解放記念として城に貯蔵されていた食料が振る舞われただけで、王都はもはやお祭りさわぎだった。

王都に出入りするようになった魔族や獣人族も、マナーがよく、チップの支払いも気前がいいので、こちらも特に問題なかったりする。

おれの働いている宿屋の親父さんだって、新しいウェイトレスの猫耳獣人のミーナちゃんにめちゃくちゃデレデレだしな……

「今、お前は国王に就任したばかりで微妙な時期だろう?　お前の弱みを探っている連中だって、まだこの国にはいるはずだ。おれを呼びつけたことが、そういう連中にとってつけこむ隙になるんじゃないかってのが心配だよ」

前リスティリア国王に近しい貴族や、魔族や獣人族を奴隷にしていた貴族たちはとっくに処刑されている。だが、すべての貴族を処刑したわけではないのだ。

生き残っている貴族の中には、面従腹背《めんじゅうふくはい》の者もいるだろう。民衆の中にだって、「いくら暮らしが良くなったって、異種族が町に入ってくるのはいやだ」と言う人がいるくらいなのだ。

「…………」

だがアルスは、なにを言われたのか分からないと言わんばかりの顔で、眉間に皺《しわ》を寄せている。

そんなアルスを見ていたら、ふと、おれは先ほどの彼の言葉を思い出した。

『……その男は、剣も魔法もこれっぽっちも使えない。その程度の奴のために、お前たちの時間を浪費させせたくないのだ』

……ああ、そっか。おれの考えはどうやら思い上がりだったらしい。

おれなんかを呼びつけたくらいで、魔王アルスの評判が揺らぐことはないのだ。

……おれはかつて、幼い頃にアルスと出会った。そして、この世界が漫画『リスティリア王国戦記』の世界だと気づき、彼をなんとか魔王にしないようにと色々と奔走《ほんそう》した。

だが結局、おれとアルスは離れ離れになり、お互いに違う道を歩むことになった。

そして、アルスはその道で「魔王」になってしまった。

しかし——今のこの世界は、おれが漫画で知っていた『リスティリア王国戦記』とは、まったく異なる道を進んでいる。

普人族が奴隷になることはなく、魔族と獣人族、普人族の三種族が手を取り合い、平和的な道を歩もうとしているのだ。そして、その最良の結果を導いたのは、〝魔王アルス〟である。

……つまり、おれがやってきたことは、なにもかも無駄だったんだろう。

おれがアルスと共にいたのは、本当に短い時間だった。それで、彼のなにかを変えることができたはずがないし、そもそもおれたちの別離は最悪なものだった。

だから、おれがなにをせずとも、きっとアルスはその実力で、この未来にたどり着いていたに違いない。

前世で読んだ『リスティリア王国戦記』は、この世界と似て非なるものだったのだろう。

おれがやったことは、なんの意味もないことだったのだ。そんなおれを呼びつけたところで、今更魔王アルスの評判に傷がつくはずもない。

「いや、ごめん。今の言葉は忘れてくれ。アルスにとって、おれなんか大した存在でもないよな。失礼なことを言って悪かった」

おれがそう述べた瞬間だった。

「――大したことがない、だと？」

いきなり、室内に吹雪でも入り込んできたのかと思った。それほどの冷気がおれを襲った。

心なしか、窓から見える空もどんよりと曇り始めたように感じる。

「ク……ククッ、ハハッ……！　そうか、やはりそういうことだったんだな……！」

「ア、アルス？」

――あれ、もしかしてなんかやばいか、コレ!?

アルス、めちゃくちゃ怒ってる……！

おれの発言のなにが問題だったのかは分からないが、特大級の地雷を踏んだことは分かる。

「……もういい。これ以上話していると、嬲《なぶ》り殺したくなってくる」

乾いた笑いを収めたアルスは、ギロリとおれを睨みつけた。

……これ、大丈夫？　もしかしておれ、もう生きて城から出られないんじゃない？

冷や汗をだらだらとかきながら、まるで断頭台に上がったような心地でアルスの次の言葉を待つ。

が、次に告げられた言葉は、おれの予想の斜め上をいくものだった。

「……なぜ貴様をここに呼んだか、と言ったな。ここに貴様を呼びつけたのは、これからこの城で俺の側仕えとして働いてもらうためだ」

「側仕え……って、えっ!?」

聞き間違いじゃないかと思い、まじまじとアルスを見つめる。

だが、アルスはどうやらマジで言っているようだ。

「貴様の雇い先である宿屋にも話は通し、補填の金も渡した。貴様に拒否権はないぞ」

「なっ……！」

いきなり、そんな横暴な!?

そりゃあ一般的に考えて、魔王陛下の側仕えなんてものは大変に名誉な役職なんだろうが……おれはそんな仕事、全然できる気がしない……！

前世はサラリーマンで、今世は宿屋の従業員だぞ。国王陛下の側仕えとか一気にステップアップしすぎてない？

そもそも、いきなりなんでそんな話に!?

それになにより……その、おれは昔、アルスにひどい言葉を投げつけた。

おれたちが別々の道を歩むことになったのも、それが理由だ。そんなおれを、どうしてアルスはそばに置きたいだなんて言うんだ……？

「……分かるか？　これは復讐だ」

アルスはおれのシャツを片手でぐいと掴み、顔を寄せてきた。

その金色の瞳は憎悪に爛々《らんらん》と輝き、おれを真正面からぎろりと見据えてくる。

「かつて貴様は、中途半端に俺の味方のふりをして……俺を、最後の最後で置いていった」

「……っ……」

「貴様のような卑怯者に一時でも心を許した俺が愚かだった。これからは、俺が飽きるまでせいぜい飼い殺しにしてやる」

分かったか、と一方的に告げられ、掴まれていたシャツを放される。

そんな彼に——おれは、なにも反論できなかった。

だって、まったくそのとおりだったから。

おれは幼い頃、アルスと親しくなったが……最終的に、おれは手酷い形でアルスを突き放して置き去りにした。そういうことに、なってしまった。

「……分かったよ。そういうことなら、仕方がないな」

アルスの気が済むようにすればいい。

そう言って、アルスから逃げるように俯《うつむ》くおれ。

その瞬間、アルスの顔がくしゃりと泣き出しそうに見えたが、きっとおれの見間違いだろう。

しばらくしてから、おれは気まずさを払拭するように口を開いた。

「けどさ。おれは側仕えなんて、全然これっぽっちもできる気がしないぞ？　本当におれでいいのか」

「それはいい。側仕えというのはただの名目だからな」

「名目……？」

アルスの言っている意味が分からなくて、首を傾げる。

「レン、来い」

アルスがおれの手首を引きながら、おれの名前を呼んだ。

アルスに名前を呼ばれるのは久しぶりのことで、ドキリとしてしまう。

おれたちが別れたのは、お互いまだ変声期前の子どもの頃だった。今のアルスの声は、耳に心地いい低い声で、そんな声で名前を呼ばれると、なんだか変な気持ちになってしまう。

「……レン」

アルスに導かれるまま、おれはソファに座る。が、なぜかアルスは、そのままおれの身体にのしかかってくる。

あっけに取られていると、アルスはおれの身体をソファに押し倒し、馬乗りになった。

「っ、ちょ……ア、アルス？」

「なんだ」

「いや、その、なんだじゃなくて……なっ、なんで服を脱がせ始めるんだよっ!?」

「側仕えというのは名目だと言っただろう？　主な仕事は、俺の閨《ねや》の相手だ」

「はい!?」

ちょっと待って、待って!?

アルスが、あのアルスが、子どもの頃にはカルガモの雛《ひな》みたいに純真でおれについてきていた可愛いアルスが、なんかすごいコトを言い出し始めたんだけど!?

「先程、貴様も言ったではないか。国を支配したばかりの俺の周りには、弱みを探ってくる連中や、自分の娘を新国王の妾《めかけ》や后に据えようと狙う輩《やから》が多くてな。閨《ねや》に下手に女も呼べん」

「だ、だからって……おれを相手にとか、だいぶ血迷ってないか!?」

そう言っている間にも、アルスはおれのシャツのボタンをすっかり外してしまっていた。こんな真っ昼間の応接間で、上半身をあらわにしている自分が恥ずかしく、頭にかあっと血が上ってしまう。おれの上にいるアルスが、礼服をかっちり着込んだままというのも、恥ずかしさに拍車をかけた。

「言っただろう？　これは復讐だ」

「っ……！」

アルスがひんやりとした指先で、おれの胸をなぞる。

その冷たさに、思わず肩が跳ねた。

「……貴様は俺に優しさを与えておいて、最後には俺を突き放した」

「っ、アルス……ッ」

「今や俺はリスティリア王国の王で、貴様は俺の所有物だ。仕事も家も俺が奪ってやった。だが、それだけでは飽き足りん。この身体も快楽に染め上げて、二度と俺から離れられなくさせてやる」

「っ、あ……！」

アルスの指先が、乳首をかすめた。

そのまま、乳首の先端をくにくにといじられて、身体が震えてしまう。

「んぅ、ふ……」

「思ったよりも、いい声で啼《な》くじゃないか」

くくっ、と喉の奥で愉《たの》しそうに笑われ、おれは自分の顔が真っ赤に染まるのが分かった。

は、恥ずかしい、こんな……

「ココが感じるのか？　敏感だな」

「……はぁっ、……うぅ……あっ！」

指で乳首をつままれ、いじくられるたびに、腰がびくびくと跳ねてしまう。

しばらくそこをいじられ続け、おれはすっかり息も絶え絶えとなる。アルスを押しのけようにも、身体からは力が抜けきっていた。

アルスはそれを見計らったかのように、おれの下肢に手を伸ばし、ズボンも取り去ってしまう。

「もうココはこんなだぞ、レン」

「っ……！　い、言うなよ……」

おれのソコは明らかに立ち上がっており、おれは恥ずかしさに身体をくねらせる。

「ふっ……それじゃ逆効果だ。それとも、俺を誘っているのか？」

「なっ！」

アルスの言い分に、一気に顔が熱くなった。くそ、今のおれはもはや耳まで真っ赤になっているに違いない。

「顔が真っ赤だぞ」

「ひぁっ⁉」

そう言うアルスに陰茎の亀頭を親指でグリグリと刺激され、悲鳴に近い声を上げる。

「……言っておくが、この程度じゃ済まさない。これから、娼婦ですら逃げ出すような快楽を与えてやるからな。覚悟しておけ」

アルスが低い声でおれの耳元で囁き、爪を立てるようにして、鈴口をグリッと刺激した。

「つぁ、ぁあっ！」

その瞬間、おれは全身を硬直させて絶頂を迎えた。先端から、白濁した液が溢《あふ》れ、アルスの手を汚してしまう。液が溢《あふ》れ出る間、おれもびくびくと身体をソファの上で震わせた。

「ふ……イったか」

「ぁ……」

頭がぼうっとして、なにも考えられない。

はぁはぁと肩で息をし、涙目になっているおれを、アルスは満足げに見下ろしている。

「……レン」

アルスはおれの頬を撫でながら目を細める。そして、唇に触れるだけのキスを落として囁いた。

「貴様は……お前は、俺のものだ。もう……どこにも行かせない」

「っ、アルス……」

アルスの囁きと同時に、ぐっ、と後孔になにかが押し入る感覚があった。

だが、イったばかりで身体の力が抜けきっているためか、あまり痛みは感じない。ただ、異物に対する違和感だけがある。

その違和感も、アルスの指先が、おれの胎内のナカのしこりを押し潰した瞬間、頭が真っ白になるほどの快感へと変わった。

「ひっ、あっ、ゃ……ぁっ！」

「イイ声だな……女のような声だ」

「あっ、な、なにして……」

「知らんのか？　ココが、前立腺というやつだ。だが、初めてでこうも乱れるとは、予想していなかったがな」

「いっ！　あ、やだ、だ、だめ……っ」

目の前に火花が散るほどの快楽に、目尻からぼろぼろと涙がこぼれる。

なんとかアルスを止めようと手を伸ばしたものの、おれの弱々しい抵抗など、アルスは意に介さなかった。むしろ、おれがアルスにすがるような格好になってしまう。

「ふっ……レン、貴様、自分がどんな顔をしているか分かっているか？」

「っ……」

「後ろでの快楽に浸りきり、あられもない声を上げて……もはや雌《めす》の顔だ。それでこそ、俺の溜飲も下がるというものだ」

「っ……なら、これでもう満足したか……？」

「まさか。今までのはただの前戯だぞ」

後孔になにかを当てられたと思った瞬間、おれのナカに、硬く、熱いものが無遠慮に踏み込んできた。アルスの肉棒は、その先端で、おれの胎内にあるしこりを押し上げ、ぐりっ、とえぐる。

瞬間、視界が真っ白に染まり、おれはもはや悲鳴に近い嬌声を上げた。

「〜〜……っ‼　あっ、ァ、んあ‼」

「っ……さすがに狭いな」

愉《たの》しそうに笑うアルスが、おれの胎内のしこりを執拗《しつよう》に先端で押し上げる。そのたびに、おれの身体がびくびくと魚のように跳ねる。その快楽はもはや暴力に近い。

「あっ、あぁ、ァ！」

ぷしゃっ、と音を立てて、おれの先端からはまたも白濁液が吐き出された。だが、その間もアルスはピストンを止めてくれない。それどころか、おれの足を抱え上げて、なにもかも丸見えの恥ずかしい体勢にした挙句、その熱杭をおれの胎内の最奥に叩きつけた。

「たまらんな……！　そんなに俺のモノをしめつけて、なんて淫乱な身体だ」

「ひっ、ぅ……ア、アルス、もうやめ……っあ、ァ！」

「やめるだと？　残念だが俺はまだ満足してないのでな」

今まで以上に激しい突き上げが始まる。もはやどうすることもできないおれは、その嵐のような快楽に蹂躙《じゅうりん》されるままだった。声も上げられぬほどの深い快感に、勝手に腰が跳ねる。

身体がバラバラになりそうな快楽。暴力的すぎるそれに、おれは目の前のアルスに両腕を伸ばして、よすがを求めるように抱きついた。

「っ……！」

その瞬間、アルスが固まった。

そして一拍の時をおいて、アルスはおずおずとおれを抱き返す。

「っ……レンっ……！」

「あー……！」

アルスは自分のすべてをぶつけるかのように、熱の杭をおれの最奥に叩きつけた。

今まで体験したことのない快楽が、バチバチと電流のように、全身を駆け巡る。理性が焼き切れそうなそれに、まるで獣のような喘《あえ》ぎ声を上げる。

「レン、もう、お前をどこにも行かせない……！　ずっと、俺のものだ……！」

「っ、アル、ス……ァ、あ、ぁあ、ぁ……！」

アルスは片手でおれの顎《あご》を掴み、噛み付くように口づけた。

おれは許容量以上の快楽に、再び白濁液を吐き出した。胎内もびくびくと痙攣し、ナカにあるアルスの肉棒をきゅうっと締め付けてしまう。

瞬間、アルスも、おれのナカに熱い白濁液を吐き出したのだった――

2

――洞窟《どうくつ》の中に閉じ込められている少年を発見した翌日、おれはさっそく叔父さんにこの国の名前を尋ねた。

叔父さんは奇妙な顔をしつつも、この国が『リスティリア王国』であると教えてくれた。今思えば、前世を思い出した時にでも聞いておけばよかったと思うのだが、その時のおれはそこまで気が回っていなかった。

この国の名前を知った瞬間、叔父さんの前で思わず崩れ落ちそうになったが、なんとか足に力を入れて、よろよろと家を出る。

だが、家の裏手にある薪《まき》割り場に着いたところで、おれはとうとうがっくりと座り込んでしまった。

「まさか、そんな……嘘だろ？　ここがあの漫画の世界だっていうのかよ!?」

リスティリア王国。村はずれの洞窟《どうくつ》に閉じ込められている、黒髪に金の瞳のぼろぼろの少年。少年によって殺された、少年の母親と村人たち。

そんな馬鹿なことがあるわけないと思う。しかし、否定したがるおれの心とは裏腹に、すべての状況が一致している。偶然という言葉では片付けられないほどに。

家の裏手の壁に背中を預け、両手で顔を覆う。

……まずは、状況を整理し、あの漫画のストーリーを思い出してみよう。

『リスティリア王国戦記』は、ある個人のホームページで連載されていたＷＥＢ漫画だ。

魔族や獣人族、普人族などの様々な種族が住む『リスティリア王国』という国が舞台の、ダークファンタジーである。

――リスティリア王国は、険しい山岳によって周囲を守られた、肥沃《ひよく》な土地を持つ美しい国であった。

国王は代々普人族が務めていたが、魔族や獣人族、普人族の種族が手を取り合い、豊かな暮らしをしていた。だが――七十年ほど前、山岳の向こうにある隣国で、軍事クーデターが勃発。

国軍主導のクーデターにより、隣国の王族はすべて捕縛され、軍部が政権をとったのである。隣国は、魔族と普人族の二種族が住んでいる国だったが、この軍事クーデターの音頭をとっていたのは魔族の男性だった。

それがきっかけとなり、この国も変容を迎えたのである。

隣国で起きた軍事クーデターの知らせに動揺していたリスティリア国王に、一部の貴族が「隣国のクーデターの話が国民に伝われば、この国でも反逆が起きかねない」「隣国の二の舞にならないように、今のうちに異種族に制限を設けなければ」とそそのかした。

その結果――新しい法律が制定され、リスティリア国内の魔族と獣人族は大きく自由を制限されるようになった。

また税金も大幅に上がり、段々と国の空気が悪くなり始めた。

だが、これはまだ始まりに過ぎなかった。

その二十年後――今から五十年前――リスティリア王国を大きな冷害が襲った。

しかも、冷害はこの年だけでは終わらず、その次の年も同じ規模の冷害が起きたのである。

二年超にわたる冷害によって、作物の生産量は大幅に減少した。それに伴い失業者も増え、国内の犯罪率は上昇。

――暮らしは一向によくならないのに、税金だけは増えていく。

国民にどんどんと募る不満と悪化する治安に対応すべく、リスティリア国王は新たな政策を思いついた。それが『奴隷法』であり、『魔族と獣人族は普人族のなりそこないである』という考え方である。

分かりやすく言うと、『リスティリア王国は元々普人族の住む国であり、魔族と獣人族は移民の立場なんだから、もっと慎ましく暮らすべき！ それに聖書にも神様は最初に普人族の男を作ったって書いてあるんだから、魔族と獣人族は普人族のなりそこないか混ざりものみたいなもんだよね！ なので、魔族と獣人族で罪を犯した者、加担した者、またはその疑いがある者は裁判なしで奴隷にしちゃうもんね！ あ、普人族の犯罪者だったなら、裁判くらいはやってあげてもいいよ！みんな、王様に感謝してね！』という感じだ。

おそらく、当初は国内の犯罪を抑制するねらいがあったのだろう。現に、この『奴隷法』が制定された当初は、国内の犯罪率が著《いちじる》しく減少したという。そりゃそうか、裁判なしで奴隷行きとか、リスクが高すぎるもんな。

だが——時代が変われば、解釈も変わるもので。

冷害を乗りきり、リスティリア王国になんとか平和が戻った頃——王の代替わりもあってか、その『奴隷法』はすっかり形を変えてしまった。

王族と貴族は『奴隷法』を盾に、魔族と獣人族を自身の奴隷にするべく、捕らえ始めたのである。

無論、魔族と獣人族も抵抗したそうだが、王国の軍隊にはかなわなかったらしい。

普人族ではないというだけで、無理やり捕らえられ、奴隷にされる。他の国に逃げようにも、国は険しい山岳にぐるりと囲まれていて、そう簡単にはいかない。

しかし、そんな暗黒時代に終止符を打つ者が現れた。

それが〝魔王アルス〟である。彼は生まれながらにして持つ、英雄的な力でもって、魔族と獣人族を率いて革命を起こしたのだ。

……クーデターを起こさせまいとして王様が制定した法律によって、革命が起きるとか、本末転倒すぎてやるせないなぁ。

まぁ、過去を嘆いても、おれが置かれた状況は変わらない。

その後の漫画の展開は、前に思い返したとおりだ。

魔王アルスによる魔族・獣人族の革命軍によって、リスティリア王国軍は敗北。王都は占拠され、今度は普人族が魔族・獣人族によって奴隷にされてしまう。

『リスティリア王国戦記』の主人公も、そんな奴隷の一人だ。

家族を殺され、奴隷になってしまった主人公は、しかし、女神からの神託を授かって勇者としての使命に目覚め、仲間と共に魔王を倒す旅に出る……

「……叔父さんの話によると、各地で魔族や獣人族が奴隷にされているそうだから……時系列的にもまだ革命は起こっていない……じゃあやっぱり、あの子が〝魔王アルス〟なのか？」

がっくりとうなだれる。

「なんてこった。絶望しかないんだけど！」

あの子が魔王アルスの少年時代だったとしたら——近々、このリスティリア王国は魔族と獣人族によって革命が起きるのだ。革命後は、普人族は有無をいわさず奴隷にされる。

主人公が勇者として目覚め、魔王アルスを倒してくれれば、リスティリア王国は再び多種族が手を取り合って暮らす平和な国に戻るのだが……まだこの時代じゃ主人公くんは、生まれてすらいないよなぁ……

「っていうか、奴隷にされる云々《うんぬん》の前に、魔王アルスの生まれ故郷の住人って、皆殺しにされてたよな……」

魔王アルスの生まれ故郷——リスティリア王国の東のはずれにある寒村。その村はずれの洞窟《どうくつ》に閉じ込められていたアルスは、ある事件がきっかけでその洞窟《どうくつ》から脱出し、村を出ることになる。そして、その際に村人たちはアルスの魔法によって皆殺しにされるのである。

「ど、どうしよう。叔父さんに相談してみるか⁉　いや、でも『前世の漫画で読んだからこの世界の未来を知っているんです』なんて言っても、信じてくれるわけがないよなぁ……！」

頭を抱えて、うんうんと唸る。

すると、おれの独り言が耳に入ったのか、家の角からひょっこりと叔母さんが顔を出した。

「レン！　アンタ、なに仕事サボってんだい！　さっさと薪拾《たきぎひろ》いに行ってきな！　また夕飯抜きにされたいのかい⁉」

叔母さんに怒鳴られたおれは、慌てて立ち上がり、森へ向かって駆け出した。

「あー、もう、落ち着いて考えごともできやしないな！　……それにしても、一体どうすればいいんだ？　このまま少年を放っておいたら、近い未来に皆殺しにされちゃうし。かといって、村の皆に説明もできやしないし……！」

その時、ふと、脳裏にひらめいた考えがあった。

「――そうだ。村の皆におれの話を信じさせるのは難しくても……魔王アルスに働きかけることはできるんじゃないか？　今はまだ子どもなんだから、おれがなにか行動を起こせば、あの子が魔王になる未来を回避できるかもしれない！」

というか、回避できないとおれが死ぬ！

たとえ一人で村から逃げ出したところで、革命が起きたら奴隷だし！

――そうと決まればさっそく、おれは昨日と同じ道をたどり、森の奥へ入っていった。

洞窟《どうくつ》にたどり着くと、周囲に人がいないのを確認してからゆっくりと中へ足を進める。

そして――

「えっと……こんにちは」

気圧《けお》されそうになる自分を叱咤しつつ、おれはなんとか言葉を紡いだ。

「…………」

少年は、布にくるまって蹲《うずくま》っていた昨日とは違い、洞窟《どうくつ》の壁にもたれかかっていた。

だが、おれの言葉には返事をせず、ぎろりと睨みつけてくる。まるで手負いの獣のようだ。

「こんにちは。おれのこと、覚えてる？　昨日ここで会ったんだけど」

「……覚えている。性懲《しょうこ》りもなく、なにをしに来たのだ？」

棘《とげ》のある言葉とは裏腹に、その瞳はほんのわずかに、戸惑いに揺れていた。

それに、昨日と比べると、まだ「出ていけ」的なことも言われていない。

……漫画のストーリーどおりだとすれば、この魔王アルス——いや、まだ魔王にはなってないからただのアルスだな——アルスは、確かかなり幼い頃からこの洞窟《どうくつ》に幽閉されていたはずだ。

だから、きっとおれが初めて接触する同年代の人間なんだろう。おれに対する興味が捨てきれないのもそのせいに違いない。

「昨日、自己紹介もなにもしてなかったろ？　おれの名前はレン。すぐ近くの村で、叔父さん一家と一緒に住んでるんだ」

「…………」

「いきなり来て、驚かせたならごめんな。その、あれからもやっぱり君のことが気になって……」

「…………」

「えーっと……」

やばい、会話が続かない。

少年アルスは無言のまま、じっと睨みつけてくる。おれに対する興味は多少なりともあるようだけれど、まだ警戒心のほうが勝っているのだろう。

……でも、それも当然か。

確か『リスティリア王国戦記』では、アルスはこの村に住んでいた普人族の女性と、魔族の男性との間に生まれたハーフという設定だ。

通常、異種族間では子どもができにくいらしい。だが、もしも子どもが生まれた場合、その子は生まれながらにして豊富な魔力や、強力なスキルを備えていることが多いという。

詳しいいきさつは分からないが、アルスの母親である女性は、アルスが生まれる前に男に捨てられてしまった。

その後、母親はアルスを産み、この村で細々と暮らしていたそうだが——ある日、アルスが魔力を暴走させてしまった。

魔族と普人族の異種族間に生まれたアルスは、先天的に豊富な魔力と強力なスキルを備えていたのだ。しかし、少年ゆえに、魔力のコントロールができなかった。

その結果、魔力の暴走による爆発が起き、母親もろとも村の人たち数人を殺してしまったのだという。魔力を暴走させたアルス自身は生き延びたものの……アルスがまたいつ魔力を暴走させるとも分からない。生き残った村人たちは、少年のアルスを殺そうとした。

だが、それはできなかった。

別に、幼いアルスに同情したとか、罪を憎んで人を憎まず精神が芽生えたとか、そういうわけではない。

アルスが生まれながらに持っていた耐性スキルや魔力のために、村人がどんな方法でアルスを殺そうとしても、傷一つつけることができなかったのだ。

そのため村人たちは、傷をつけることができないなら餓死させる他ない、と決断し、この洞窟《どうくつ》の最奥に牢屋を作り上げ、アルスを閉じ込めた。

残酷なようだが、村人たちにとっては、ある日突然、村の中にいつ爆発するか分からない時限爆弾が放り込まれたようなものだ。自身の命を守るために手段など選んでいられない、という心境だったのだろう。

なお、この村を含め、あたり一帯を治めている領主に『この少年を引き取るか、処分をしてほしい』という請願書も送ってみたそうだが、なしのつぶてだったらしい。村人の追い詰められた気持ちも分からないではない。

だが、村人の予想に反して、少年のアルスは餓死しなかった。

というのも、アルスには豊富な魔力があったからだ。

魔力というのは、生体エネルギーに近い。魔法を使うと消費されるが、一定の時間が経過すると、自動的に回復する。この回復速度は個々によって違う。そして、魔力はこの世界の生き物や自然物の中に存在している。

なんと、少年であったアルスの身体は、空気中に漂う魔力を無意識に取り込むことで、餓死を免《まぬが》れようとしたらしい。生体エネルギーに近い魔力を取り込み、少年のアルスはなんとか生き延びたのだ。

おれがかつていた世界でも、サボテンなどの多肉植物は、砂漠などのわずかな水しかないところでも生き延びられるよう進化を遂げた。

アルスは幼いながらも、その潜在的な魔力とスキルで同じような進化を遂げたのだろう。

これによって、村人はアルスをどうすることもできなくなった。物理的に殺すことも、飢え死にさせることもできない。

彼らは仕方がなく、この牢屋にアルスを閉じこめ続けることになったのである……

「………」

考えてたら、気持ちが暗澹《あんたん》としてきたな。

この件について、アルスは悪くない。母親や村人を殺してしまったことだって、そうしようと思ってやったわけじゃない。

けれども……村人も他にどうしようもなかったのだろう。

王都にもっと近い村であれば、あるいはこの村がもっと豊かであれば、魔術師や冒険者に頼んで、アルスが魔力をコントロールできるよう訓練をしてもらうこともできたかもしれない。

だが、ここは辺境も辺境のド田舎で、領主様が「なくなったところでさほど影響がない」と見捨てたほどの小さい村だ。

村人の誰ひとりとして、お腹いっぱいにご飯を食べたことがないほどの貧しい農村だ。

「……っ……」

そんなことを考えていたら、なぜか、視界がふいに滲《にじ》んだ。

慌てて目をこするも、涙はあとからあとからこぼれ落ちてくる。

「……おい」

「っ！」

「なにを泣いているんだ、お前」

アルスが怪訝《けげん》そうに声をかけてきた。

「あっ……ごめん。その、おれ……」

「…………」

「……自分が、情けなくて。おれにもっと力があったら、村の人や、君のことを助けることができるのに」

この子どもが大きくなったら、いずれ魔王になってしまう。

そうなったら、この子どもに恨まれているおれや村人は、復讐されるかもしれない。いや、復讐されるのは、漫画の『リスティリア王国戦記』の中でもう確定しているんだ。

それが分かっているのに。そして、目の前にこんなにぼろぼろになった孤独な子どもがいるのに——今のおれにできることは、なに一つないのだ。

子どものおれが村人を説得しても、誰も聞き入れないだろう。アルスをここから逃がそうと思っても、分厚い格子はこの小さな掌ではびくともしない。

「……変な奴だな、お前」

アルスはおれを見て、そう呟いた。

その顔は相変わらずの無表情だったが、そこでようやく気がついた。彼はおれを警戒して表情に出さないのではなく、感情の表し方を知らないのだ。

幼い頃からこの牢屋に閉じ込められ、人と関わりを持ってこなかったからだろう。喜怒哀楽など、表す機会などなかったのだ。

「っ……」

こぼれた涙を服の袖でぬぐう。

やっぱり、こんな状況は間違っている。村人たちにも彼らなりの言い分があるんだろうけれど……それでも、こんな風にアルスを閉じ込めるんじゃなくて、もっといい方法があるはずだ。

まず——アルスが、魔力のコントロールができないことが問題なのだ。

アルスが魔力のコントロールを覚え、魔法を使いこなせるように導けないだろうか？

おれは漫画『リスティリア王国戦記』で、主人公が魔法を習得する場面を読んでいるし、漫画に描かれていた魔法の使い方を知識として覚えている。それらをアルスに伝えて、彼が魔法を使えるようになれば、アルスをここに閉じ込めておく理由はなくなるんじゃないか？

「——よし！　当面の目標はそれだな！」

そう呟いて一人でガッツポーズをとると、アルスが奇妙なものを見るような目をおれに向けてきた。

し、視線が痛い。

……にしても、こうやって見るとアルスは本当にガリガリだな。ほとんど骨と皮ばかりの身体だ。

アルスが持っているチートな魔力やスキルのおかげで、飲まず食わずでも死なないらしいが、それも生命維持ギリギリというところなんだろう。

漫画の記憶では、アルスはおれよりも遥かに年上らしいのに、その身体はおれよりもかなり小柄だ。

よし！　そうとなれば、食べ物を探そう！

アルスに魔力のコントロールを覚えてもらうにも、まずは体力をつけないとな。それに、このまいくとアルスは普人族に復讐するために魔王になるんだから、普人族であるおれがアルスと仲良くなっておくのは意味があることだと思う。うまくいけば、アルスが魔王になった時にも「普人族は確かに魔族や獣人族を虐《しいた》げていたけど、それは一部の普人族だけだよね！　中にはいい奴もいるから、普人族全員を奴隷にするのはやめておこうかな！」って思ってくれるかもだしな！

一番いいのは、アルスがそもそも魔王にならないことなんだけど……

まぁ、ひとまずは自分ができることをやろう。この時期なら森で木苺が採れるはずだ。

本当は魚でも取れればいいんだけど、子どもである今のおれには難しい。

そうと決めたおれは、牢屋を離れ、再び森へ向かった。

——さて。それから小一時間ほどで、おれは木苺や、近くに群生していた花を摘んで、アルスのもとへ帰った。ついでに叔母さんに言いつけられた薪《たきぎ》拾いも終わらせてある。

だが、洞窟《どうくつ》に戻ってきたおれに対し、アルスはやはり警戒心むき出しのままであった。牢屋の奥で、壁を背にしておれをじっと睨みつけてくる。

「えっと……木苺食べない？」

「………………」

「さっき摘んできたばかりだから、新鮮だよ！　毒もないし、ほら」

「……さっきからなにが目的なんだ、お前」

おっ、反応してくれた！

「お前じゃなくて、おれはレンだよ。おれ、アルスと仲良くなりたいんだ」

ようやく目の前の存在が返事をしてくれたことに対し、自然と笑みが浮かぶ。

にこにこと笑いながら、おれはアルスに花と木苺を差し出した。

しかし、アルスは受け取ろうとはせずに、怪訝《けげん》そうな顔をおれに向ける。

「……アルスって、一体なんのことだ？」

「えっ？」

あ、そうか。

おれは漫画『リスティリア王国戦記』の知識で、この目の前にいる子どもが〝魔王アルス〟だと知っているから、アルスと呼びかけたけれど……そういえば、まだ目の前の子どもはそう名乗ってはいなかった。

『魔王』になった時に改名なりなんなりをして、「アルス」になったのだろうか？　となると、今のこの子どもは「アルス」って名前じゃないわけだ。

「えっと……君の名前が分からないから、とりあえず『アルス』って呼んでみたんだ。君の髪の色、真っ黒できれいだから。アルスって古い言葉で、夜空って意味なんだって」

「………………」

漫画の知識を必死に思い出して、アルスという言葉の意味を説明しつつ、自分のうかつな発言の言い訳をしてみる。

アルスはそんなおれを無表情のまま、金色の瞳でじっと見つめている。

「あー、その……いきなり変な名前で呼んでゴメン。その、できたら君の名前を教えてくれないかな？」

「……俺に名前はない」

「えっ？」

「……時々、ここに来る村の大人は、俺のことを『忌《い》み子《ご》』って呼ぶけれど。それくらいだ」

マジか。

改名とか、そういう話じゃなかった。目の前の子どもには名前すらないそうです。

マジか……マジかー。

うわぁ……やばい、再び気分が暗澹《あんたん》としてきたぞ。

そりゃ皆殺しにされるわけだよ、この村。こんな子どもを洞窟《どうくつ》に閉じ込めて、ご飯も与えずに、名前もつけないで『忌《い》み子《ご》』呼ばわりとか……うわぁ……

「そ、そうなんだ……。なら、名前がないと不便だから、今日からアルスって呼んでいいかな！」

「………」

「いやならもっとカッコいい名前を考えるよ！」

気持ちを切り替えるべく、引き攣《つ》った笑顔で話しかける。

すると、彼は大きなため息を吐き、おっくうそうな表情で言った。

「……どうでもいい。どうせ、お前くらいしかおれに話しかける奴なんていないんだ。好きに呼べばいい」

おれのしどろもどろな言葉と態度に、アルスが突っ込んでくることはなかった。アルスという名前に対しても、嫌な顔はしていない。だが、その名前が気に入ったというわけではなく、本当にどうでもいいという感じだった。

……まぁ、アルスと会話ができたという点においては目的が達成できたのだし、そこは素直に喜ぼう。

うんうん、一歩前進だ。いつか、この調子でもっとアルスと仲良くなって……彼の笑顔とかが見られる日が来ればいいなぁ。

しかしコレ、なんかおれがアルスの名付け親みたいになってしまったな。漫画だとどういう流れでアルスって名前になったんだっけ？　うーん、思い出せない。

でもどの道、名前がないと不便だし、仕方がないか。

「ありがとう。じゃあ、今日からアルスって呼ばせてもらうよ。おれのことはレンって呼んでくれ」

「…………」

「そうだ。よかったらこれも食べてみてくれよ」

格子の隙間から腕を入れ、先ほどの木苺と花を改めて差し出す。すると、アルスはなんだか眩しそうな表情でおれを見た。

そして――……

＊　＊　＊

――懐かしい、夢を見た。

「……ん……」

かつての幼い日々の夢はいつだって、懐かしさだけではなく、寂しさと後悔をおれに与える。

夢の余韻に、ぼんやりと宙を眺めていると、ふと、ここがいつもの宿屋にあるおれの部屋でないことに気がついた。ベッドがとてもふかふかで、身体が沈み込んでしまいそうだ。

「あれ……」

「目が覚めたか？」

ふいに耳をつく、甘いテノール。

驚いてばっと振り向くと、そこには夢の中でも会ったアルスの姿があった。

肩にかかる艶《つや》のある黒髪に、がっしりとした体躯、猛禽類《もうきんるい》を思わせる鋭い金瞳。人間というより、まるでしなやかな獣のようなアルスに一瞬だけ見惚れてしまう。が、アルスとおれ、二人ともなにも身につけていないのに気づくと、それどころではなくなった。

「ちょっ……待っ、な、なんで裸なんだ！」

「昨日のことを覚えてないのか？」

「昨日……？」

「本当に忘れているなら、思い出させてやろうか」

アルスが腕を伸ばし、おれの腰を抱き寄せる。

指先で腰骨のあたりのうすい皮膚をくすぐるように触られ、昨日の出来事を一気に思い出した。

「っあ………お、思い出した」

「そうか、それはなによりだ。……ふっ、貴様はすぐに赤くなるな」

くくっ、と喉の奥で愉《たの》しそうに笑うアルス。

……うん、確かにおれは子どもの頃、「いつかアルスが笑う顔を見たいなぁ」とか思ったけどね？

この笑顔は悪どいというか、なにかを企《たくら》んでいる感じがぬぐえないというか、コレじゃない感がすごい……

「……貴様、なにか失礼なことを考えていないか？」

「そ、そんなことはないぞ！」

ジト目でおれを見てくるアルス。

慌てて否定したおれをアルスはまだ疑わしそうに見ていたが、すぐに「……まぁよい」と呟き、ベッドから身体を起こした。毛布が落ちてアルスの肌があらわになる。

先ほども見たが、アルスの身体は、思った以上に鍛え上げられていた。筋肉がしなやかについており、その様《さま》は人間のそれというよりも、よくできた彫刻のようだ。

そんなアルスの身体から慌てて目を逸らしつつ、おれもアルスに続いてベッドから下りる。

「――っ！」

だが、ベッドから下りた瞬間、自分の身体を見て固まった。

胸、腹、腰、下腹部、太ももに腕。いたるところに、鬱血《うっけつ》した痕《あと》がついている。この分では、おそらく、首筋や背中など、おれの見えない箇所にもついているに違いない。

この部屋に虫が大量発生したとかでなければ、これはいわゆるキスマークというやつだろう。そして、おれにこんなモノをつける相手は、アルス以外に考えられなかった。

「っ……アルス、その、これ……」

「うん？　……ああ、その痕《あと》か。貴様は肌が白いから、まるで花びらが散ったようだな」

「こ、これ、お前がやったのか？」

「当たり前だ。貴様はすでに俺のモノなのだから、俺が所有痕をつけるのは当然だろう？」

「なっ……」

おれの身体に散ったキスマークを満足そうに眺めるアルス。

その表情と言葉に、おれは胸を高鳴らせてしまう。

……そんな顔でそんな台詞《せりふ》を言われると、勘違いしそうだ。

アルスがおれをこうやって手元に置いているのは、過去の出来事の意趣返しでしかないのに。

頭ではそう分かっているのに、まだ少しはおれのことを好きでいてくれるんじゃないかと、そういう期待をしてしまう。

「服はそこに置いてある。着替え終わったら朝食にするぞ」

アルスの指差したほうを見ると、一目で上等だと分かる服が一揃い置いてあった。

「……昨日、おれが着てた服は？」

「あれなら処分したぞ」

「処分!?」

「貴様は俺のモノだと言っただろう？　俺が用意したものでなければこれからは袖を通すな」

お、横暴が過ぎる！

でもおれ、こんな上等な服、全然着こなせる気がしないんだけど！　アルスは自分が高身長なイケメンだから、服を着こなせない平凡な容姿の男の気持ちが分からないんじゃないか？

……そうは言ってもいつまでも裸でいるわけにはいかない。

仕方なしに、おれは下着と服を手に取り、袖を通した。

グレーのシャツはとても肌触りがよかった。モスグリーンを基調としたベストとジャケット、ズボンも、美しい光沢がある。前世ですら着たことがないくらいに上等だった。もしかして絹なんじゃないのか、これ。

服はあつらえたようにピッタリで、鏡で見た自分の姿は別人のようだった。

「最後はこれだな」

先に着替えていたアルスが、おれに赤いリボンタイを渡してきた。

ベルベットのそれは、おれがつけるものらしい。

が、前世でネクタイをしたことはあるけれど、リボンタイなんてつけたことがない。靴紐を結ぶ要領でリボン結びにしてみたが、どうにも不格好になってしまう。

「……貸してみろ」

アルスにリボンタイを取られた。

アルスはおれの首にタイを回し、流麗な動作でしゅるりと結ぶ。できたのは、これ以上ないというくらい完璧なリボン結びであった。

「……ありがとう、アルス」

礼を告げ、今度はおれが、アルスが上着を羽織るのを手伝うと、アルスは少し驚いたようだった。

おれが礼を言ったことか、それともアルスの手伝いをしたことが、そんなに意外だったのだろうか。

でも、事情はどうあれ、おれはアルスの側仕えとしてここで働くことになったのだ。任された以上、ちゃんとお給料分の働きはするつもりだ。

アルスの衣装は、黒の布地に金糸で刺繍《ししゅう》がされ、カフスにサファイアや真珠がさりげなく使われた、華美でありながらも品のあるものだ。上背のあるアルスが着ると、本当に様《さま》になる。

着替えが終わると、おれたちは寝室を出て隣の部屋に移動した。隣室とは、廊下に出ることなく、室内にある扉で直接行き来できるようになっている。

隣の部屋は、昨日おれとアルスが再会したところだった。

奥には大きな窓ガラスがあり、その前には重厚感のある執務机が置かれている。扉とは反対側の壁は、一面の本棚になっていた。部屋の中央にはソファが鎮座している。

どうやらここは元々、王族の私室だったようだ。

きょろきょろと部屋の中を見回していると、小さくノックの音が響いた。アルスが短く「入れ」と告げる。すると廊下に面した扉が開き、二人のメイドさんが台車を押して入ってきた。

朝食を持ってきてくれたらしい。部屋に入ってきた二人のメイドさんは、背中に小さな黒い蝙蝠《こうもり》の羽がついているので、蝙蝠《こうもり》獣人か、サキュバス族のどちらかだろう。

メイドさんたちによって、窓際にあるテーブルに、食事がてきぱきと並べられていく。

「……アルス、朝食ってこの部屋で食べるのか？」

そう尋ねた瞬間、ガチャン、という音が響いた。

見ると、メイドさんの一人が驚いた顔でおれを見ている。どうも、彼女が驚きのあまりスプーンを取り落としたようだ。

「大丈夫ですか？」

「えっ、あっ……申し訳ございません！」

「いえ、気にしないでください」

落ちたスプーンを拾い、彼女に差し出す。

彼女は恐縮しきりで何度も頭を下げると、スプーンを受け取り、もう一人のメイドさんと共にそそくさと部屋をあとにした。

「なんだったんだろう？　彼女、具合でも悪いのかな？」

「……いや、おそらく、レンが俺に親しげに話しかけていることに驚いたんだろう」

「え？　どういうことだ？」

アルスはおれの疑問に答えることなく、テーブルに向かう。

「なにをしている、せっかくの朝食が冷めるぞ」

うーん、このマイペースっぷり。

魔王陛下ともなると、やはりこんな感じなんだろうか。他の魔王に会ったことがないので、なんとも言えないが。

おれは肩をすくめて、アルスのもとに向かった。

部屋の中央には応接ソファとテーブルが置かれているのだが、朝食が準備されたテーブルは、部屋の奥の大きな窓の前にある。テーブルの上にはシミ一つない真っ白な絹のクロスが敷かれていた。

そして、その上に、湯気が立っている飴色《あめいろ》玉ねぎのスープ、焼きたてであろうパンと、シロップのかかったクレープ。さらに、ふっくらとしたオムレツに、艶々《つやつや》したビーンズサラダと、サーモンピンクと緑のコントラストが美しいキッシュ、みずみずしい果物などが置いてあった。

が、それを見ておれは首を傾げた。なぜか、朝食が一人分しか置いていないのだ。

「……アルスはどこか別の場所で食べるのか？」

おれの疑問に、アルスは肩をすくめて答えた。

「なにを言っている。俺にはこのような食事は不要だと、貴様も知っているだろう」

「えっ？　じゃあ、アルスはいつもご飯を食べてないのか？」

「もちろんそうだ。それがどうかしたか？」

「いやいや！　どうかしたか、じゃないだろ。生きていくのに食事は必要なくても、アルスは味覚があるじゃないか。食べたいと思わないのか？」

しかし、アルスは理解できないといわんばかりに首を傾げた。

「無論、味覚はあるが……だが、必須でないことをわざわざおこなう理由がない。無駄に糧食を減らすこともなかろう」

「そんな……」

アルスの頑《かたく》なな様子に、思わず絶句してしまう。

か、仮にも魔王陛下なんだから、食事は豪勢なものを食べていると思っていたのに……まさか飲まず食わずで働いているとは思わなかった。ブラック企業ってレベルじゃないぞ。

……革命中、軍の備蓄は貴重だったんだろうし、糧食を減らすわけにはいかないって思ったアルスの気持ちは分かる。でも――

「もう戦争は終わったんだ。アルスだって食事を楽しむ余裕くらいあるだろ？　ご飯を食べるのは、生きていくためのエネルギー摂取だけでなく、五感全部で味わう最大の娯楽だぞ」

おれの言葉に、アルスが瞳をすっと細めた。

「……あれと同じことを言うのだな」

「え？」

あれとはなんだろう？

小首を傾げるおれに、アルスは淡々した口調で答える。

「……部下の一人に、同じことを言われたのだ。必要のないことではあっても、意味のないことではないと」

「――そうなのか」

アルスの言葉を聞いて、おれの胸に安堵が広がった。

――よかった。アルスには、そんな風に彼のことを心から気遣って、進言してくれる仲間がいるのだ。かつて、森の洞窟《どうくつ》に一人ぼっちで閉じ込められていた彼を思えば、とてつもない進歩だ。そのことが、自分のことのように嬉しかった。

「部下の人にも言われているならなおさらだ。今度から、アルスも一緒に食べよう」

「……〝アルスも〟というのは……貴様と俺が共に食事をとるということか？」

「……あっ！　いや、ごめん。今のはちょっとした言葉の綾だから！」

おれは慌てて両手をぶんぶんと顔の前で振った。

「魔王陛下が、おれなんかと一緒にご飯を食べるわけないよな！　ごめん、今のは忘れてくれ」

が、慌てるおれとは真逆に、アルスは口元にかすかな笑みを浮かべた。

「――いや、いいだろう。共に食事だな。うむ、貴様がそう望むなら、考えておいてやろうではないか」

「……え、いいのか？」

なぜか、機嫌良さげな笑みを浮かべているアルス。

いきなりアルスの機嫌が浮上した理由が分からず、恐る恐る聞き返した。

「なんだ、嫌なのか？　貴様から言い出したことではないか」

その途端、アルスがむっとした表情に変わった。株の相場並みに乱高下するアルスの機嫌である。

「嫌なわけじゃないさ。ただ、魔王陛下ともあろうものが、おれなんかとここで二人でご飯を食べるなんていいのかなって。普通、王様っていったら、お城の大ホールの大きなテーブルで、朝から豪勢な料理を食べるもんじゃないか？」

「ふん。確かに、以前の王はそうしていたようだが、俺はそんなところで食べる気はとんとせんな。だだっ広いところで、大勢の家来と食いきれないほどの食事に囲まれながら一人で食って、なにが楽しいのだ？　まったく理解できん」

「あはは、もっともだな」

アルスの言いように思わず笑ってしまう。アルスもおれのそんな様子に口元を、ふ、と綻《ほころ》ばせた。

……が、それは一瞬のことで、次には怜悧《れいり》な表情に戻り、「料理が冷めるぞ。そろそろ席に着いたらどうだ」と言う。

アルスに促《うなが》され、おれは椅子に座る。アルスも、なにも料理は置かれてはいないものの、向かいの椅子に優雅な仕草で座った。

「じゃあ、今度は一緒にご飯を食べよう。その時の毒見役は、おれがやればいいのかな？」

「……貴様がそんなことをする必要はない。俺には状態異常耐性のスキルがあるから不要だ」

アルスの纏《まと》う空気が一瞬にして、重苦しいものに変わったのが分かった。

……しまった、せっかくなごやかな雰囲気だったのに、おれの言葉にアルスは気を悪くしてしまったみたいだ。

差し出がましい申し出だっただろうか？　側仕えという立場上、おれが毒見役をすべきかと思ったのだけれど……

なお、耐性スキルとは、この世界の人々が持っている能力の一つである。

状態異常耐性以外にも、物理攻撃耐性、魔法攻撃耐性などの様々な耐性スキルがあり、保有者はそのスキル名に沿った恩恵を受けることができる。

これらは、研鑽《けんさん》と精進を重ねることでようやく手に入れることができるものだが、ごく稀《まれ》に、生まれながらにして強力な耐性スキルを持っている者もいる。アルスは後者だ。

そして、状態異常耐性スキルというのは、いわゆるステータス異常への耐性である。

このスキルを持つものに対し、毒や麻痺、スリープやサイレンスなどのステータス異常をおこす攻撃はまったく効かないのだ。

確かにそんなチートなアルスなら、食事の毒見役なんか必要ないのだろう。

でも、毒見役すらしないとなると、アルスが一緒におれと朝ご飯を食べる理由がますます分からないんだけれど……

というかそもそも、おれのここでの存在意義がまったく分からない。

さっきだっておれ、アルスに自分のリボンタイを結ばせる有様だったしね！　魔王陛下に自分の着替えを手伝わせる従者（村人A）とか、すごいなオイ。

「アルス。毒見役すらしないとなると、おれはここでなにをしたらいいんだ？」

「別になにもしなくていい」

「えっ」

「お前はなにもしなくていいし、どこにも行くな」

「いや、だってそんな……そしたらおれ、ただの穀潰《ごくつぶ》しになるんだけど」

「…………」

少しの沈黙のあと、アルスは口元に弧を描いておれを見た。

「ふむ……昨夜は手加減しすぎたか」

「——はい？」

「初夜であったから俺なりに貴様の身体を気遣ったのだが、『仕事をしたい』なんて自ら口にできるようであれば、不要な気遣いであったようだな」

「なっ……！」

ちょっと待て、あれで手加減してくれてたんですか⁉

えっ、マジで……？

なら、アルスの本気は一体どんな……

い、いや、待て自分。今、大事なのはそこじゃない。

「ば、バカなこと言うな！　おれはもうあれで限界だったぞ！　というか、それとこれとは別問題だ！」

「馬鹿なことではない。そもそも、貴様をそばに置いているのは俺の慰《なぐさ》み役としてだ。褥《しとね》を共にすることがむしろ本業と考えろ」

「っ……！」

そんなの……もはや側仕えというよりは、おれは、ただの妾《めかけ》や娼夫ってことか？

ふざけるなよ！　さすがにそれは、おれだって文句の一つも――！

アルスのあんまりな言いように、おれは席を立ち上がりかけた。

だが、そこでふと、おれの頭の片隅に疑問が生じる。

……ちょっと待てよ、アルスの言ってることには、どこか矛盾がないか？

怒りで沸騰しそうになった頭をなんとか宥める。

ちょっと考えてみよう。

まず、アルスはどうしてここまでおれをそばに置きたがるんだろう？

アルスが過去のことでおれを恨んでおり、復讐をしたいというなら……それはしょうがないことだと思う。それは、おれの罪だから。

だが、アルスがおれを苦しめたいと願っているのならば、こんなやり方よりももっといい方法があるんじゃないか？

たとえば、鉱山送りにして身体がボロボロになるまで重労働をさせるとか、普人族に恨みを持っている魔族や獣人族に奴隷として与えるとか。そして、アルスは高みの見物をしていればいい。もしも自身の目でおれが破滅する様《さま》を楽しみたいっていうことなら、この王城の牢屋にでも閉じ込めて拷問にかければ手っ取り早いと思うし。

アルスのやっていることは……なんだかすごく遠回りなことに思える。

確かに、アルスの娼夫役を務めさせられるのは、屈辱的だが……でも今のこの国の基準で考えると、ものすごい栄誉でもあるんだよな。

アルスの今の地位はなんてったって新・リスティリア王国国王陛下である。

国王陛下の妾《めかけ》とか娼婦とか、ＲＰＧや漫画だったらすごい重要ポジションだ。おれみたいな平凡な村人Ａがついちゃって本当に大丈夫なのかと心配になるレベル。

そう考えると、なんだか今のアルスの話も不自然だった。

なんだか、話を煙《けむ》に巻こうとしている印象を受けるのだ。

「……分かった。とりあえずはこの部屋にいるようにする」

うん、今日のところはおれが引こう。

色々考えたいことができたしな。

「………」

アルスはおれをいぶかしげに見たが、結局なにも言わなかった。

おそらく、時間がなかったのだろう。充分な時間や余裕があれば、おれに詰問《きつもん》をしかねない雰囲気だった。

その後にすぐに控えめなノックと共に先ほどのメイドさんが入室し、アルスは身なりを再度整えてから、慌ただしく部屋を出ていった。

うーむ。漫画やゲームのラスボスの魔王サマは、玉座に座って勇者と戦うだけのお仕事だが、現実はそうもいかないようだ。

3

というわけで、おれは「この部屋にいろ」「なにもするな」という魔王陛下直々のご命令に従い、ふかふかの天蓋付きベッドで二度寝をむさぼるという重大な職務を果たしていたが、それも一時間とたたずに飽きてしまった。

うーん……どうしよう。アルスはああ言ったけど、さすがにこのまま部屋で惰眠を貪《むさぼ》っているのは気が引けるなぁ。それに、おれがこうしている間にもアルスは国王としての仕事でめちゃくちゃ忙しくしてるんだろうし……

周りの国との外交はどうなっているのかな。アルスが嫌な思いや大変な思いをしてなきゃいいんだけど……

「なにかおれもアルスの仕事を手伝えたらいいんだけどなぁ」

ひとまず、部屋の中でおれにできることがないか、探してみよう。

そう決めたおれは、ベッドから下りると、寝室を出て応接室に向かい、部屋の中をぐるりと見渡してみた。

「……しかし、これはひどいな」

改めて見るに、ひどい有様だ。

このお城に到着して、廊下を歩いている時にも思ったことだけれど……なんというか、色んな家具や芸術品があちこちに置かれているものの、センスが感じられないのだ。

この部屋も配置や配色に統一感がなく、金や宝石で装飾された芸術品と家具がこれみよがしに並んでいる様《さま》は、まるで品がない。というか、そもそも物が多すぎる。ざっと見た限りでも、この部屋には彫像と大きな花瓶が十個ずつある。博覧会でもするつもりなのだろうか？

アルスの好みとは思えない、成金趣味をこれでもかと全開にした配置は、前の国王陛下によるものなのだろう。

お金で品位とセンスは買えないという事例を自ら体現してくださるのはけっこうだが、この部屋にいなければいけないおれとしては、拷問に等しい。

「よし！　せっかくだし、部屋の整理でもしようかな」

どうせなにもすることがないのだし、時間を有効に使おう。

国王に就任したばかりのアルスに、自室の改装に回す時間や人手はないはずだ。

えーっと、まずやることは……本棚の整理かな。本の大きさも順序もバラバラだし。

あとは、部屋の中の調度品の目録作り。目録を作ったらアルスに見てもらって、あとでいらないものをまとめて倉庫にでも運んでもらえばいい。でも、殺風景なのも寂しいから、何点かよさそうな置物は残しておこう。

そう考えていると、部屋の扉をコンコンとノックする音が響いた。

……誰だろう？　ノックをしているからアルスじゃないことは確かだ。

一瞬迷ったものの、おれは扉を開けて、相手を迎え入れた。

「……おはようございます」

「お……おはようございます」

そこにいたのは、褐色肌に銀糸の髪、紫色の瞳をもつ、とんがり耳の少年だった。魔族に属するダークエルフである。黒を基調とした執事服に似たスーツを着ている。

年齢はおれよりも若く見えるが……、エルフや妖精は長命なので、実年齢はもっと上かもしれない。

ダークエルフの彼は後ろ手で扉を閉めると、無表情でおれを見つめてきた。

もしかして、アルスに用事でもあったのだろうか？

「えっと……アルスなら留守だぞ」

「そうでしょうね。僕はアルス様に命じられてこちらに来ましたので」

そう言うと、彼はぺこりと頭を下げた。

「レン様、はじめまして。僕はバルトルト・シュミッターと申します。アルス様の秘書役、執事役を務めている者ですが、このたび、アルス様からのご命令によりレン様のお世話をすることとなりました。なので、ご挨拶をと思いまして」

「……お世話？　おれの？」

「はい」

「……意味が分からないな。魔王陛下の側仕えの世話役を、魔王陛下の秘書にさせるって、本末転倒だと思うんだけど」

バルトルトは眉間に皺《しわ》を寄せておれを見た。

「あなたに意味が理解できないことであっても、アルス様のご命令は絶対です」

どことなく、棘《とげ》を感じる言葉だった。

「……まぁ、君がそれでいいなら、おれはかまわないよ。アルスがそうしろっていうんなら、もちろんそうするさ。不快に感じたならすまなかった」

「………」

おれの返答に、バルトルトは出鼻をくじかれたような顔になる。

「ひとまず、こっちに来て座ってくれ。詳しい話も聞かせてほしいしな」

バルトルトを促《うなが》し、部屋の中央に置かれたソファに座る。そして、向かいに座ったバルトルトを改めて見つめた。

「おれのことは知っているだろうけれど、一応、自己紹介しておくよ。おれはレンだ。ここに来る前は王都の宿屋の従業員だった。おれを呼ぶ時に、敬称はいらない」

「そういうわけには参りません。……レン様は、アルス様がずっと捜していた方でございますから」

「――ずっと捜していた？　アルスが、おれをか？」

バルトルトは「はい」と小さく頷いた。

同時に彼が纏《まと》う空気が、ますます張り詰めたものに変わる。

「差し支えなければ、話してもらってもいいかな？」

「……僕は、アルス様が魔王と呼ばれ出した頃……三年ほど前からお仕えしています。リスティリア王国の北方を治める貴族の館で、奴隷として虐《しいた》げられていた僕をアルス様が解放してくださったのです」

アルスが魔王としてこの国のトップになる前――普人族の国王陛下が国を治めていた頃は、貴族以上の階級の人間は異種族のことを「普人族のなりそこない」として考えており、差別の対象だった。

このダークエルフのバルトルトも、もともとは貴族の奴隷であったらしい。

なお、おれたち平民は、魔族も獣人族も生活するうえで隣人ともいえる近い距離で暮らしているので、差別意識はほとんどない。王族や貴族に搾取《さくしゅ》される立場という点では、おれたちも彼らも同じだ。

それでも、貴族による『奴隷狩り』が遊興としておこなわれたなんて話を聞いても、「ああ、またか。気の毒に」と思うくらいで、いわば他人事的な受け止め方をしていた。

アルスはそんな普人族以外の種族をみごと纏《まと》め上げ、『自由』の名のもとに、革命を起こしたのである。この国の王城を占拠したのも、魔族と獣人族の混合部隊だった。

そして、魔王陛下となったアルスが最初におこなったのが、『奴隷解放令』の公布だ。

漫画『リスティリア王国戦記』では、国王となったアルスがこの国を恐怖で支配し、普人族を奴隷身分に落とし……そして、奴隷身分から成り上がった主人公が英雄となって、最後は魔王アルスを討伐していた。だが、現在のアルスは、普人族もきちんと自分の国民として扱っている。この調子なら、そもそも主人公が台頭することもないだろう。

「……僕は今でこそ秘書という立場ですが、ちょっと前までは魔族部隊を率いて地方領や奴隷商人を攻める際の情報収集の任務を与えられていました。僕はダークエルフで、『鑑定眼』スキルがあるので」

鑑定眼スキルがなにかはよく分からないが、話の流れからして、物の鑑定などをしたりする情報収集向きのスキルなんだろう。

バルトルトはおれが分かっている前提で話を進めていくので、おれも余計な質問などせずに頷く。

「調べるのは領土内の物資の流通事情、王都への連絡方法、所持している軍事力など様々でしたが……いつもアルス様はそれに加えて、レンという普人族の男性の情報を集めるよう命令をしていました。私だけではなく、他の情報収集役にもです」

「……革命の前から、アルスはおれを捜してたのか」

「ええ。あなたのことを、アルス様はずっと捜しておられました」

「……そっか」

おれは大きく息を吐き、ソファの背もたれに身体を預ける。

……アルスは、どんな気持ちでおれの情報を追い求めていたんだろう？

——八年前。あることがきっかけで、生まれ故郷である農村を出ることになったおれは、叔父さんのいとこを訪ねて一人で王都に向かった。

子ども一人の旅だったため、旅程はかなり厳しいものであったが、おれはなんとか王都に到着した。しかし、なんとその時には叔父さんのいとこは国防兵士として徴兵されており、王都にいなかったのである。

路銀も尽きて困っていたおれを拾い、雇ってくれたのが、あの宿屋の親父さんだ。

……ん？　あれ、ちょっと待てよ。

「おかしいな。おれたちの故郷の村に行って、おれの叔父さんに聞けば、おれが王都に向かったことは分かっただろ？　叔父さんには会わなかったのか？」

それともアルスは、あの村には行かなかったのか？

「アルス様は……故郷に戻られることは気が進まないようでした。ですが、最終手段としては考えていたようです。ただしそれより先に、レン様の居場所が分かりましたので、結果的に行く必要はありませんでした」

その後、バルトルトの語った話は色々と込み入っていたが、そこから分かったアルスの遍歴を時系列に並べると、こういう感じだった。

①　おれとアルスが喧嘩別れをする。

②　おれは王都に向かい、宿屋で働き始める。アルスは、魔族を中心に構成された旅団に出会い、仲間に入れてもらう。旅団にいた魔術師に魔法を教えてもらう。

③　成長したアルスは各地を旅し、奴隷として虐《しいた》げられていた魔族や獣人族を解放していく。

④　革命軍を編成し、奴隷解放運動を本格化させる。

⑤　奴隷解放運動をおこなう中、故郷の農村にもうおれが住んでいないことを知る。部下に命じておれに関する情報を収集する中で、ある普人族の犯罪奴隷と出会う。そいつはおれたちの農村にいた男で、アルスとも顔見知りだった。そいつからおれが王都の叔父のいとこのもとに行ったことを聞く。だが、その男は鉱山での重労働で身体が弱っていたため、ほどなく死亡。詳しいことまでは聞けなかった。

⑥　辺境の貴族たちを倒し、引き続き奴隷解放運動をおこないながら、王都での情報収集をする。とうとう、おれの住居兼職場である宿屋を突き止める。

⑦　王都占領、革命成功。

——という流れだったらしい。

……こうしてみると、おれが宿屋で働いていた時に、アルスはめちゃくちゃ大変な思いをしてたんだな……

いや、おれだってめちゃくちゃ頑張って働いてたけどね⁉

でも、幼馴染が次々に歴史的偉業を打ち立てて、英雄として歩んでいたと考えると、なんか自分の人生の平凡さが悲しくなってくる……

ま、あまり考えないでおこう。所詮、おれみたいな村人Aの人生なんてこんなものだ。

「アルス様は王都でレン様を発見したものの、すぐにお迎えには行きませんでした。この国を平定し、異種族擁護派の貴族を完全に取り込み、王城内部を掌握してから、ようやくレン様に王城への登城をお命じになったのです。実を言えば、レン様が暮らしていた宿屋でも、監視役の者をつけておりました」

「え、監視役？」

「レン様が働いていた宿屋に新しくウェイトレスとして入った獣人族の娘がいたと思います。彼女です」

おれが働いていた宿屋に新しく入ったウェイトレスというと――ミーナちゃんか⁉

「ミーナちゃんってアルスの部下だったのか⁉　しかも、おれの監視役だったなんて……じゃ、じゃあ、宿屋の親父さんが彼女の猫耳にデレデレになっていたのも、アルスやミーナちゃんがなにかしたのか⁉」

「いいえ、それはまったく関係ありません」

「あ、そうなんだ」

じゃあ、あれは親父さんのただの個人的嗜好か……

まぁ、そうじゃないかとは思ったけれども。

にしても驚いたな。彼女はアルスの部下だったのか。

ん？　でも、そうすると、今の宿屋はどんな感じなんだろう。

だって、ミーナちゃんはおれの監視役として派遣されたわけだろう？

おれがここにいるなら彼女は役目を終えたわけだから、宿屋のウェイトレスを続ける理由はもうない。

おれが辞職したうえに、ウェイトレスである彼女まで辞めてしまったのだとしたら、今頃宿屋は人手不足に陥《おちい》っているんじゃないだろうか？

心配になり、バルトルトに尋ねると、彼は淡々とした口調で説明してくれた。

「ご安心ください、彼女がウェイトレスを辞めることはありません。というのもアルス様は、あなたを王城に招いたあと、あの宿屋の従業員がいなくなってしまうことのないように、後任としての仕事も兼務で彼女を派遣したのです」

「兼務？」

「はい。彼女はあなたの監視をしつつ、あの宿屋でウェイトレスをするよう命じられていました。あなたの監視を終えた今では城下町の情報収集を兼ねつつ、ウェイトレスとしてあの宿屋でずっと働く予定ですよ」

「そうなのか。よかった、アルスはそこまで考えてくれてたんだな」

いやぁ、おれは宿屋の親父さんにはものすごく世話になったからね。

あの親父さんがいなけりゃ、今頃は物乞いか、国軍の志願兵でもやってただろうし。アルスがそこまで気をきかせてくれてよかったよ。あとでお礼を言っておかないと……いや、お礼は変な話だな。そもそもおれをいきなり呼びつけたのはアルスだし。

そんなことを考えていると、ふと、強い視線を感じた。

見ると、正面に座るバルトルトのものである。彼は、なにかを見定めるかのように、おれの顔を見つめていた。

「レン様は……僕が想像していた人物像とは、だいぶ隔《へだ》たりがありますね……」

「想像って？」

「はい。僕はレン様はもっと、ろくでなしで、他人の心を弄《もてあそ》ぶような奔放《ほんぽう》な方を想像していたのですが……」

「は!?」

な、なんでそんな想像を!?

ぎょっとするおれを尻目に、バルトルトは遠い日々を思い返すようにそっと目を伏せる。

「……以前、僕はあまりにも気になってアルス様に『アルス様の捜し求めているレン様という方は、はどういった人物なのですか？』と尋ねたことがあるんです」

「…………」

「アルス様はおっしゃいました。『かつて自分には完全に心を許した者が一人だけいたが——その普人族は自分を見限って去っていった。自分を裏切ったあの男と、なんらかの方法で決着をつけなければ気が済まない』と」

「…………」

「その……レン様が、本当にアルス様が言っていた方なのですよね？　でも、アルス様のお話の印象とはまったく違う方のようで、そのせいで少し、僕は困惑しています」

おずおずとこちらを見るバルトルトに、おれは苦笑を返した。

「いや……おれはその話のとおり、とてもひどい奴だよ」

「……そうですか」

そう言ったものの、バルトルトは納得していないようだった。だが、これ以上突っ込んだ話をおれから聞き出すのもためらわれるのか、唇を開いたり閉じたりと、迷った素振りを見せる。

バルトルトの逡巡の隙をついて、おれはこの話題を打ち切るため、先程考えていたことをバルトルトに告げた。

「それよりもさ。昼間、なにかおれにできる仕事はないか？　言ってくれれば、掃除や野菜の皮むき、馬の世話でもなんでもするぞ？」

おれの申し出に、バルトルトは驚いたように目を見開く。

「お気持ちはありがたいのですが……ただ、レン様をこの部屋から出すな、と申し付けられておりますので」

「そっかー……アルスがそう言うなら仕方がないか」

うーん、やっぱりこの部屋から外に出るのはダメか。

「じゃあ、この部屋でできる仕事はなにかないかな。宿屋で働いてたから、帳簿つけとかもできるし」

「うーん、そうですね……とはいえ、あまりレン様を働かせると、アルス様に怒られてしまいそうですし……」

「でも、なにもしないでこの部屋でずっとゴロゴロしてるだけってのも耐えられないよ。仕事がなにもないなら、この部屋の整理でもしてていいか？」

「部屋の整理、ですか？」

目を瞬《またた》かせるバルトルトに、おれは手で壁際に置かれた巨大な本棚を指し示す。

「見た感じ、そこの本棚に『リスティリア王国水害史』とか『贈答品目録』とかの、これからの国の運営に有用そうな本がけっこうあったんだよね。おれでよければ、内容をチェックして目録を作って整理しておくよ」

「それは……!! やっていただけるなら大変ありがたいですが、よろしいのですか？」

「全然いいよ、これぐらい。あと、部屋に無駄にある調度品とかも整理していいか？ まさかこれ、アルスの趣味じゃないだろ？」

おれの言葉に、バルトルトは苦笑いを浮かべた。

「これらは……前の普人族の王族の趣味です。やはり、同じ普人族であるレン様の目から見ても、これらの調度品は悪趣味なのですね」

「金メッキが悪いというわけじゃないけれど、これは明らかにやりすぎだ。バルトルトが大丈夫なら、派手すぎるものやけばけばしいものはひとまとめにしておくから、時間のある時に倉庫にでも移すか、売りさばいてくれ」

「ありがとうございます」

ぺこりと頭を下げて礼を述べるバルトルト。最初にあったとげとげしい空気は、今ではだいぶ和らいでいた。

彼はためらいがちに唇を開いた。

「……正直に言いますと、僕は最初、アルス様のおそばに普人族を置くことを危惧していました」

「……まぁ、無理もないと思うよ」

肩をすくめる。だが、バルトルトは首を振った。

「ですが……それでも僕は、アルス様に反対をすることはできませんでした。それは、アルス様が偉大な御力を持っているということもありますが……先ほど、僕が話したアルス様の御言葉を覚えていらっしゃいますか？」

「アルスの言葉っていうと――さっきのあれか」

おれが頷くと、バルトルトは悲しそうな表情で俯《うつむ》いた。

「アルス様は……『かつて自分には完全に心を許した者が一人だけいた』とおっしゃいました。普人族とは、言わなかったのです。つまり……その言葉を裏返せば、アルス様は、魔族にも獣人族にも、誰一人として心を許している者はいないのだと、僕は分かってしまったのです」

「…………」

「あの御方の力と立場を考えれば、それは仕方のないことかもしれません。ですが……もしもレン様がそばにあることで、アルス様の御心に安らぎが訪れるなら、と思ったのです。事実、レン様を城に招いてからというもの、精神が安定されているようです。メイドも話をしておりましたよ。『アルス様のあんなに穏やかそうなご様子は初めて見た』と」

そう言って、バルトルトは顔を上げ、紫色の瞳でじっとおれを見据えた。

「アルス様とレン様、お二方の間になにがあったのか、僕は詳しいことは存じ上げません。ですが……約束してくださいませんか？　アルス様のことをもう二度と裏切らない、アルス様のもとを去らないと――」

真剣な表情でおれを見つめるバルトルト。

だが、おれはそんな彼から顔を背けた。

「悪いけど、それはバルトルトの買い被りだ。おれにはそんな力はないよ」

「レン様……」

「悪いけれど、今日はもう帰ってくれないか？　さっき言っていた仕事に、さっそく取りかかりたいんだ」

「……分かりました。ではまた明日、同じ時間に参ります」

バルトルトはもう一度おれに頭を下げると、ソファから立ち上がり、部屋を出ていった。

バルトルトが出ていったあと、おれは重苦しいため息をついて、ごろりとソファに寝転ぶ。

……バルトルトにひどい態度をとってしまったかもしれない。でも、あれ以上は無理だった。

一度に色んな情報を与えられすぎて、頭が混乱している。

「……バルトルトは、おれがどんな人間か知らないから、そんなことが言えるんだ。おれが、アルスにどんな酷い言葉を投げつけたか知らないから……」

そう、なんていったって、バルトルトがアルスに言っていたように――おれは手酷い形でアルスを裏切ったんだ。

優しくしておいて、肝心な時に見放した。

「っ……！」

ずきりと、右目が疼《うず》いた。

思わず掌で眼帯を押さえたが、そこはますます熱を持っていく。

そうしてしばらくの間、光を失った眼球は、おれの罪を責め立てるように、ずきずきと疼《うず》き続けた。

した。

4

——その後、気を取り直してソファから立ち上がったおれは、部屋の本棚の整理をすることにした。

見た感じ、ここの本は発刊された順に並べられているようだ。

なので、「日本十進分類法」で分けていくことに決めた。「日本十進分類法」とは、日本の図書館で広く使われている図書分類法である。かつておれが日本の学生で、図書委員をやった時に教えてもらった仕分け方だ。

「日本十進分類法」は、「0 総記」、「1 哲学・宗教」、「2 歴史・地理」、「3 社会科学」、「4 自然科学」、「5 技術、工学」、「6 産業」、「7 芸術、体育」、「8 言語」、「9 文学」という大まかなジャンルで本を仕分け、そしてそこからさらに細かな分類で仕分けていく方法である。

部屋に紙と羽根ペンが置いてあったので、それを借りて、書籍のタイトル、著作者名、内容を一行程度にまとめたものをメモしていく。それらを書き終わったら、分類ごとの番号をふっていく。

たとえば、先ほどバルトルトに言った『リスティリア王国水害史』であれば、「2 歴史・地理」に仕分けし、さらにその中の災害関係に分類していく感じだ。

しかし、王族の本棚だからさぞかし難しい本が並んでいるのだろうと思っていたが、意外とそうでもなかった。

真面目なところだと、リスティリア王国の歴史、王都の水道事業、公共事業の目録だが、一風変わったものだとリスティリア王国の伝統料理の覚え書きだったり、かと思えば魔術教本があったり、はては恋愛小説なんかもちらほらと紛れていた。

伝統料理の覚え書きと恋愛小説は、興味があるから時間ができたら読ませてもらおうかな。

「しかし、こりゃ一日じゃ終わらないな……」

思った以上に乱雑に入れられていた本のリストを作り、分類化し、本棚から出して分類ごとに分けるだけで日が暮れてしまった。

固まった肩をぐるぐると回し、うーんと伸びをする。作業が途中で終わってしまったことは残念だったが、仕方がない。続きは明日にしよう。

ふと手を見ると、埃とインクの汚れでところどころ黒くなっていた。この高そうな服についていないのが幸いか。

おれは応接室を出ると、隣の寝室に戻った。寝室は応接室と同じように大きな窓があり、壁際に大きな天蓋付きのベッドが置かれている。

実は、先ほど本棚の片付けをしている最中に、トイレの場所を探してうろうろしたので、寝室の奥の扉の向こうにトイレと手洗い所があるのを確認していた。

「アルスの言うとおり、マジでこの部屋だけで充分に暮らしていけるな……」

試しに手洗い所のさらに奥の扉を開けてみたら、猫足のバスタブまであってちょっとビックリしてしまった。

応接室から廊下に出ずとも、直接、寝室と浴室に行ける造りになっているのだ。どうやら、アルスは本気でおれをここに閉じ込めるつもりらしい。

「…………」

毛足の長い絨毯《じゅうたん》や、天井からぶら下がるガラス製のシャンデリアを見ていたら、ますますおれがここにいる理由が分からなくなってきた。

「……アルスがおれを捜してたなんて、思ってもみなかったなぁ」

仕事が一段落したら、せっかく意識の隅に追いやっていたバルトルトとの会話を思い出してしまった。

……アルスがおれを革命前から捜していたなんて、想像もしていなかった。てっきり、革命を成し終えたあとに、城下町におれが住んでいることを偶然知って呼び出したとか、そういう感じだと思っていたのに……

再び応接室に戻り、悶々《もんもん》と考え込んでいると、部屋の扉がコンコンとノックされた。

「はい、どうぞ」

もしかして、バルトルトが戻ってきたのだろうか？

反射的に声を返して、扉に顔を向ける。しかし、ゆっくりと開かれた扉から入ってきたのは、ダークエルフの少年ではなかった。

「失礼いたします、レン様。そろそろご夕食のお時間です」

入ってきたのは、小さな黒い蝙蝠《こうもり》の羽のついているメイドさんだった。確か、朝食を持ってきた際に、スプーンを取り落とした人だ。ちなみに昼食の時は、違うメイドさんだった。

足首まである長いスカートに、白いフリルのついたエプロンのクラシックなメイド服姿の女性だ。二重《ふたえ》の垂れ目と、ぽってりした唇の下にある黒子《ほくろ》が、どことなく色っぽい。

「ありがとうございます。その、えっと……」

「なにか気になることがございましたか?」

朝食の時と同じようにテーブルの上に次々と並べられていく料理。それらを見て、おれが口ごもっていると、メイドさんのほうから声をかけてくれた。

「いえ。ただ、さっきアルスと一緒にご飯を食べる約束をしたから。今日だと言っていたわけではなかったんですけど。でも、昼の時に戻ってこなかったから、夕飯は待ってたほうがいいのかなぁって……」

「まぁ」

驚いたように頬に手を当てるメイドさん。

「アルス様が、レン様と一緒に食事をお召し上がりになると。そう、お約束をされたのですか?」

「そうなんだけれど……」

メイドさんはにっこりと嬉しそうな笑みを浮かべた。

「なんと、喜ばしいことでしょう。アルス様は、私どもがどんなに食事をとるように申し上げても『必要ない』と一蹴されてしまって……」

そう言って、嬉しそうに「ほう」と息を吐く。先ほどの頬に手を当てる仕草といい、妙に色気のある方だ。

大人の女性の色気にちょっとドキドキしていると、メイドさんがなにかに気がついたような表情になった。

「まぁ、申し訳ございません。申し遅れました、私の名前はエルミと申します」

「エルミさんですね。おれはレンです、よろしくお願いいたします」

エルミさんがスカートを両手でつまみ、優雅な仕草で一礼するのを見て、おれも慌てて頭を下げる。

「あの……エルミさんはアルスの部下になって長いんですか？」

「そうですね。私が一番、アルス様にお仕えしている期間は長いかと存じます。私はアルス様が最初に解放運動をおこなった西領からのお付き合いですので」

「そうでしたか……」

アルスがリスティリア王国の西領を解放したのは、確か二年ほど前じゃなかっただろうか。おれも、王都で聞いた噂でしか知らないから、詳しい時期は分からないけれど……そんなに昔から、アルスはご飯を食べていないのか。

おれの思いを察したのか、エルミさんも顔を曇らせる。

「私どもがどんなに言っても、アルス様はお食事を取ろうとなさらなくて……でも、やはりレン様とご一緒でしたら、アルス様もお食事をとろうとなさるのですね。朝も仲睦まじいご様子でしたものね」

嬉しそうに微笑むエルミさんに、おれは首を傾げる。

仲睦まじい様子って、おれとアルスが？

「朝も、レン様はアルス様のことを敬称なくお呼びになっていたでしょう？　この王城の中で……いえ、この国で、アルス様を呼び捨てにすることが許されているのは、レン様ただお一人でございます」

「え、そうなんですか？」

思い返してみると、なんの気もなしに、子どもの頃のノリでアルスのことを呼び捨てにしていた。

でも、よくよく考えれば、もうおれたちは友達じゃない。

アルスはこの国の王様になったんだし、敬称をつけて呼ぶべきだったな……

「今からでも、『アルス様』って呼んだほうがいいですかね？」

「――いえ、それはおやめください」

なぜか、急に顔を青ざめさせるエルミさん。

ふむ？　まぁ、よく分からないけれど、エルミさんがそう言ってくれるなら、無理に様付けで呼ばなくてもいいか。

「それよりも、アルス様のお話でしたね！　レン様と一緒に食事をとるというお約束の件ですが……残念ながら、今日は叶わないかと思います。今日のアルス様のスケジュールは過密ですし、それに……」

「……なにかあったんですか？」

顔を曇らせたエルミさんに、おれは尋ねる。

「実は、城下町にあるいくつかの商店で、原因不明のボヤ騒ぎが起こりまして……。どの商店も、魔族や獣人族が運営している商店であったことから、奴隷解放反対派の普人族の仕業ではないかと疑われています。今、生き残っている普人族の貴族たちを王城に呼び集め、調査をおこなっているんです」

エルミさんの言葉に、おれも顔をしかめた。

「そんなことがあったんですか。怪我人や、被害の程度はどれくらいだったんですか？」

「幸いなことに、どこも早い段階で火を消し止めることができましたので、壁が焦げる程度で済みました。何人かが煙を吸い込んでしまいましたが、怪我人などはおりません」

「それは不幸中の幸いですね。一刻も早く犯人が見つかればいいのですが……」

そう言いながら、おれは少し疑問を感じた。

このボヤ騒ぎの被害にあったのが魔族や獣人族だったことから、アルスたちは、犯人は普人族の貴族だと考えているようだ。

しかし、目ぼしい貴族は先の革命の際に粛清《しゅくせい》されたはずだ。今、生き残っている貴族がここで行動を起こすメリットはないように感じられるが……

「なので、今日アルス様のお帰りは遅くなるかと存じます。アルス様の分の食事を用意することも命じられてはおりません。おそらく、お約束の件は明日以降になるかと……」

「なるほど。教えてくれてありがとうございます」

「いえ、こちらこそ最初に申し上げておけばよかったですね。今度から、アルス様の大まかな予定やお戻りの時間を、分かる範囲でレン様にお伝えいたします」

そういうことなら、今日の夕食はアルスのことを待たなくても大丈夫そうだな。

「そういえば、夕食は七時頃にお持ちするようにと言われているのですが、今後もそのお時間で大丈夫でしょうか？」

「もちろん大丈夫です。おれはいつでも問題ないので、エルミさんたちが都合がいい時でいいですよ。アルスが一緒に食べる時は、アルスの都合に合わせてください」

「ありがとうございます。あと、よろしければ湯浴みの準備もさせていただきます。配膳途中でのお伺いとなってしまい申し訳ありませんが、ご夕食と湯浴みはどちらを先になさいますか？」

湯浴みというと、お風呂か。寝室の奥にバスタブがあったもんな。

どうしようかな。確かに、本棚の片付けをしていたから埃っぽい気もするし、先にお風呂に入ったほうがいいかな？

ちなみに、この世界では風呂は平民には普及していない。

貴族の館や、この部屋のような王族の私室なんかには、お風呂が備え付けてあるが、おれたちのような平民は、盥《たらい》にお湯を入れて、布で身体を拭くぐらいだ。それほど寒い日でなければ、外で水をかぶって身体を洗う。

前世の記憶で風呂の気持ちよさを知っている分、今世では時々あたたかい風呂が恋しかった。

だから、風呂と夕食を天秤にかけるなら、今すぐにでも風呂に入りたい気分なんだけれど……

アルスを差し置いて、おれ一人だけ風呂を済ませるのもなぁ。

「風呂はアルスが戻ってからでいいです。先に夕食でお願いします」

アルスがまだ働いているのに、先にご飯を食べるのも気が引けるけれど、これぱっかりは仕方がない。

アルスの帰りも遅そうだし、先に食事を済ませてしまおう。

「あと、おれ一人だけなら夕飯は軽いものでいいです。アルスと一緒に食べる時は別ですけど。おれ、部屋の外に出ないからあまり美味しいものばっか食べてると太っちゃいそうだし」

「……よろしいのでしょうか？　アルス様がお戻りになられる前に、湯浴みも済まされたほうがいいかと思いますが……」

「でも、お風呂はアルスが戻ってからで大丈夫です。アルスのあとに入ろうと思うので……」

「……分かりました。もしもお考えが変わられましたら、遠慮なく申しつけくださいね」

エルミさんはなにか言いたげだったが、途中で止まっていた夕食の配膳をてきぱきとおこなってくれた。

彼女の反応が少し気にかかったものの、おれもそれ以上は聞かず、夕食をとることにする。

なお、夕食は、前菜として桃に生ハムを巻いて、黒コショウとオリーブオイルをかけたもの、ブロッコリーとブラウンマッシュルームポタージュ、白身魚のポワレにローストビーフ、そしてレモンシャーベットであった。

……美味しかったけれど、明日からはもっと軽いものにしてもらわなきゃ駄目だな。部屋から出ないのにこんな贅沢な食事をとっていたら、すぐに太ってしまいそうだ。今後のルーチンワークに、筋トレを追加しておこう。

そして、それらの夕食を食べ終え、食後のお茶をいただいている最中——アルスが帰ってきた。

「おかえり、アルス」

「おかえりなさいませ、アルス様」

椅子から立ち上がり、アルスに言葉をかける。

おれのそばにいたエルミさんも、アルスに向かって深々と頭を下げた。

「うむ——エルミ、ご苦労だったな。今日はもう下がっていいぞ」

「ありがとうございます、アルス様」

エルミさんは再度、深々と礼をしてから片付けを手早く終え、部屋を退出する。

……エルミさんが退出したということは、この部屋にはおれとアルスしかいないということだ。

ってことは、側仕えであるおれがアルスの世話をしなければいけないということである。

おれはアルスのそばに行くと、羽織っているマントや上着を脱ぐ手伝いをする。まだ慣れないが、こういうのは回数をこなすしかない。

脱がせたマントや上着は、クローゼットの中のハンガーにかけておく。夕食を食べながらエルミさんに聞いたところ、アルスが脱いだ衣服はここにかけておけば、次の日にメイドさんが回収してくれるとのことだった。

と、アルスがおれのことをじっと見つめているのに気がついた。

「……どうかしたか、アルス？　エルミさんを呼び戻したほうがいいか？」

「いや、そうではない。貴様はまだ寝巻きに着替えていないようだが、湯浴みはしたのか？」

「いや、まだだ。アルスが仕事をしているのに、おれだけ風呂に入ってくつろいだ格好になってるわけにもいかないと思って」

「………そうか」

一瞬、なんだかアルスが虚をつかれたような表情をしたが、すぐに無表情に戻った。

どうしたんだろう？

「夕食は食べたようだな」

「ああ、いただいたよ。そっちもアルスの帰りを待とうかと思ってたんだけど、今日は帰りが遅くなるっていうし、エルミさんもアルスの分の用意は命じられてないって言ってたから。でも、こんなに早いなら待ってたほうがよかったかな」

「……いや、いい」

話しながら、なんとかアルスを部屋着であるバスローブのような服に着替えさせることができた。

アルスは背が高いし、衣装も宝石や装飾でかなりの重さがあるから、脱ぎ着させるのも一苦労だ。

……にしても、アルスがこんなに背が伸びるとはなぁ。おれの後ろを一生懸命について走っていた時の、あの小さいアルスが懐かしい。

「明日の朝食は二人分を用意するように命じておいた。俺の戻りは不規則だから、今後も夕食は俺の戻りは待たなくてよい」

「分かった」

その代わり、朝食は二人で一緒に食べるということらしい。本当なら、昼食も夕食もアルスに食べてほしいところだけれど……もっと国内が落ち着かないと無理か。

そんなことを考えていたら、不意に、アルスがおれの耳元に顔を寄せた。

「それに、夜の時間は有限なのだからな。貴様が食べ終わるのを待っているのは、時間が惜しい」

「……うん？」

その言葉の意味を考える間もなく——アルスはおれの手首を掴んで隣の寝室へ移動する。そして、あっけにとられているおれを突き飛ばすようにして、ベッドへ転がした。

「っ、アルス……!?　ど、どうしたんだよ」

「どうしたもこうしたもない。レン、貴様の本来の役割を忘れたのか？」

「役割……」

「閨《ねや》で俺に抱かれること——それが貴様のここでの仕事だろう？」

アルスの行動に、おれは先程エルミさんと交わした会話を思い返す。

『……よろしいのでしょうか？　アルス様がお戻りになられる前に、湯浴みも済まされたほうがいいかと思いますが……』

——あの言葉、てっきりおれは「アルス様のお戻りは不規則なので、先にお風呂を済ませておいたほうがいいですよ」って意味だと思っていたけれど……もしかして「アルス様がお戻りになって

から速攻で寝室に行かれる場合もありますから、その前にお風呂も済ませておいたほうがいいのでは」って意味か⁉

なるほどね！　それで言いよどんでいたわけか！

そりゃ言葉にして言えないよね‼

にぶすぎる過去の自分に頭を抱える。

そんなおれを見下ろし、アルスがちょっと呆れたような表情を浮かべた。

「……おい。まさか本当に忘れていたのか？」

「いや⁉　ちゃんと覚えてたよ⁉　ただ、その、実感がまだわかない、というか、なんというか……」

アルスの言う『本来の役割』――アルスの慰《なぐさ》み者――という立場を忘れてたわけじゃないんだけど、なんだかまだそのことが上手く呑み込めてなくて……

「……なら、ちゃんと実感がわくようにしてやる」

ちょっと呆れ顔だったアルスだが、ギシリとベッドを軋ませておれにのしかかってきた時には、捕食者の顔になっていた。

薄暗い部屋の中で、鋭い金色の瞳がおれを見下ろす。

いつの間にか部屋の照明は落とされて、窓から差し込む月明かりと、ベッドサイドのランプのほのかな灯火だけが部屋を照らしていた。

「っ……」

アルスの手が伸びて、おれのシャツの襟元を飾るリボンタイを手解く。

絹糸でできたリボンタイは、しゅるりと音を立ててあっという間に襟元から外れた。

そして、ベストのボタン、シャツのボタンと、果実を剥《む》くような鮮やかな手付きでアルスはどんどんとおれの服を脱がせていく。下着も取り去られ、すっかり裸になると、緊張でおれの身体が強張った。

「……そう固くなるな」

すると、アルスがおれの頬をそっと手の甲で撫でてきた。

が、その行為にすら、肩がびくりと跳ねてしまう。

「俺が怖いのか？」

「っ、そういうわけじゃ……」

「嘘をつくな、おびえているだろうが」

嘘じゃ、ない。

昔だって今だって——アルスのことを怖いと思ったことは一度もない。

「アルスが怖いんじゃなくて、その、行為が……」

「……行為？」

「行為が怖い、というか。思わず身構えちゃうだけで……おれのことは気にしなくていいから、好きにやれよ」

アルスのことだから、おれの言葉に「じゃあ遠慮なく」と言ってくるかなと思いきや、複雑そうな表情で押し黙ってしまった。

「……チッ。はじめの時、少しやりすぎたか」

舌打ちをするアルスだが、その手は優しくおれの頬をなぞる。

それでも身体が強張ってしまう。身体の力を抜いたほうが、色々と楽なのは分かっているんだけど……でも、どうしてもダメだ。初めての時の、その、一方的な快楽の記憶が鮮烈すぎて緊張してしまうのだ。

「少し大人しくしていろ」

不意にアルスがおれの身体の上から引いた。

どうしたのかと思い、横目で様子を窺《うかが》うと、アルスはベッドの脇にある小さなキャビネットの引き出しを開けていた。そして、中から十センチほどの小さなガラス瓶を取り出す。

なんだろう？　香水瓶か……？

「まだこれを使う気はなかったのだが……仕方がないか」

再びおれの上にのしかかってきたアルスが、ガラス瓶を開ける。途端に、砂糖菓子のような甘ったるい香りがふわりと鼻孔をくすぐった。そして、アルスは瓶の中の濃いピンク色の液体をおれの胸元に垂らし、粘度のあるそれを、乳首に塗り込めるように指で揉み込む。

「っ、アルス……？　これ、なんなんだよ……？」

「すぐに分かる」

アルスの言うとおり、そのピンク色のぬとぬとした液体の正体は、すぐに分かった。

液体が乾き始めてきた頃、おれの乳首にじわじわとした痒《かゆ》みが襲ってきたのである。

「ひっ……ぁ、アルス……っ」

まるで火で炙《あぶ》られるような痒《かゆ》みに、身悶《みもだ》えして助けを求めるも、アルスは愉《たの》しげな笑みを浮かべておれを見下ろすだけで、なにも応《こた》えてくれない。

痒《かゆ》みはだんだんと強くなっていき、たまりかねたおれは自分の指で乳首を掻こうとした。

――が、指先が乳首に届く寸前に、アルスに手首をがしりと掴まれ止められてしまう。

「っあ、やだ、アルス、なんでっ……」

「貴様の役割は俺を楽しませることだろう？　自分だけ気持ち良くなってもらっては困る」

「だ、だって、胸が痒《かゆ》すぎて、たえられな……ひぅッ!!」

アルスがおれの手首を押さえつけたまま、胸に顔をよせて、右の乳首に向けてフッと息を吹きかけた。それだけで、乳首に走るむず痒《がゆ》さが爆発的に増し、悲鳴に近い声がこぼれてしまう。

「はっ……ぁ、ァ……っ」

「ふむ、思ったよりも効き目が強いようだな。どんな貞淑な処女でも自分から進んで男に股を開くようになるという、サキュバス族の秘伝薬なだけはある」

「そ、そんなものを、おれに使ったのか……っ!?」

「貴様があまりにも頑《かたく》なだからな。だから今日はこの薬で、まずはその身体に快楽への依存を刻み込んでやる」

「そ、そんなのはいらないから……！」

両手でアルスの身体を押しのけようとするも、びくともしない。その間にも、薬が塗り込められた胸の突起はじんじんと疼《うず》く。

「快楽なんていらない……そんな風にされるなら、痛いほうがマシ……んぁっ⁉」

アルスはおれの手首をシーツの上に縫い留めた。そして、再び乳首に向けてふっと息を吹きかける。ただそれだけのことで、おれの口からは甲高い悲鳴がこぼれた。

「相変わらず、感度がいいな」

「あっ、アルス、それ、やだっ……んぅっ！」

あたたかい吐息がかかるたびに痒《かゆ》みが増し、乳首を今すぐ爪で掻きむしりたい衝動にかられる。が、アルスが手首を押さえつけたままなので、それは叶わない。

しかもアルスはベッドに落ちていたリボンタイを取ると、それでおれの手首を後ろ手で縛ったのだ。おれはもはや自分の手を自由に動かすこともできない。

「っ、アルス……ぁ、かゆいっ、かゆすぎるぅ……ッ」

「なら、俺にねだってみろ。素直に言えばいじってやるぞ？」

「ぅ……」

言葉にしてアルスにねだるなんて、とてもじゃないが恥ずかしすぎる。

おれがそんなことできないのは分かっているだろうに、アルスはおれが言葉にしない限り、本当に触るつもりはないらしい。恨みがましく見上げるも、アルスは涼しげな笑みでおれの視線を一蹴した。

「ふ、強情な奴だ。俺としてはそのほうが愉《たの》しめるがな」

「ん、んぅっ……！」

手首が縛られているため、痒《かゆ》みを発し続ける乳首に刺激を与える方法は、なに一つない。おれは悶絶して身をよじる。そんなおれを、アルスは愉《たの》しそうに見下ろしている。

「淫らなダンスだな」

「ぁ、アルスっ……ひぁッ!?」

アルスは身体をずらすと、おれの股座《またぐら》のほうへと移動した。そして、足の間に入っておれの両足を抱え上げる。

そこでなんと、アルスは指をおれの股座《またぐら》に伸ばしてきたのだ。あの、どろりとしたピンクの液体がついたままの指で！

「アルス、ぃやだ、それっ……！」

「だが、俺にねだってこないということは、まだ耐えられるということだろう？」

そんなわけはない。

もうおれの限界値は振り切れている。手が動くのなら、アルスが見ていたってかまわないから今すぐに胸を掻きむしりたいのだ。けど、最後のちっぽけなプライドが邪魔して、言葉にできないだけなのだ。

痒《かゆ》みに喘《あえ》ぐおれを無視したままアルスはガラス瓶をかたむけ、さらにその指に液体を纏《まと》わせた。

そして、ピンク色の薬をぬるぬるとおれの股座《またぐら》に塗り広げる。

蟻の門渡《とわた》りの部分に重点的に塗り、次に後孔の周辺。そして、後孔の入り口のひだ一つ一つにしっかりと薬を塗り込んでいく。そしてさらには、穴の中にまで塗り込んできた。

「っ、ぁ、……は、ァっ……あ、ぁァあッ！」

痒《かゆ》みはすぐに襲ってきた。

猛烈な痒《かゆ》みに、自分の後孔がぱくぱくと口を開けてなんとか痒《かゆ》みを鎮めようとしているのが分かる。が、その程度ではどうにもならない。思わず尻をシーツにずりずりとこすりつけるものの、痒《かゆ》いところにまったく届かない。逆に、すべすべのシーツに股座《またぐら》をくすぐられて、痒《かゆ》みが増大したほどだ。それでも腰を動かすのをやめられない。

「――レン」

「ぁ、アルス……たすけて、これ、かゆすぎる……ッ！　ァ、ひぅっ！」

「レン、俺に触ってほしいか？」

「うんっ、うん……！」

「どこを触ってほしい？」

「全部っ……む、胸も、後ろも……かゆいところ、全部、触ってほしいっ……！」

おれの言葉に、アルスが手を伸ばしてくる。

期待にうち震えたおれだが、アルスは指でおれの胸を触っただけで、乳輪や乳首などの決定的な部分にはまったく触れてくれなかった。

「ぁ、な、なんでぇ……っ」

「どうした、触ってやっただろう？」

「も、もっと、ちゃんと……！」

「なら、どこをどうしてほしいか、ハッキリ言ってみろ」

アルスの言葉に、ぐ、と喉をつまらせる。

が、アルスは本当におれがちゃんと言わないと、これ以上触るつもりはないようだ。

あまりの羞恥《しゅうち》に逡巡したものの、しかし、襲いくる猛烈な痒《かゆ》みには耐えられなかった。

「ぁ……む、胸の先の………乳首、いじってほしい……」

「いじってほしい、だけじゃ分からんな」

「～～ッ！　お、おれの……乳首を、いじってください……っ」

「ふん、やればできるじゃないか」

「ひぁアっ！」

アルスが左右の乳首を力強くピンと弾いた。

その刺激に、背筋を弓なりにしておれは悲鳴を上げる。

そんなおれの醜態《しゅうたい》に、しかし、アルスは金瞳を爛々《らんらん》とさせ、口元をよりいっそう愉《たの》しそうに歪めた。

「ア、んぁ、あァ……ッ！」

アルスが指先でくにくにと乳首をいじり出す。

痒《かゆ》みを鎮めるための快楽はとんでもなく気持ちがよく、身体中から力が抜ける。指先で乳首を揉み込まれ、先端にぐりぐりと爪を立てられる。そのすべてが気持ちいい。

アルスに指で乳首をいじめられるたび、ゆるい絶頂が連続して訪れる。おれの陰茎は、もう精液なのか先走りなのか分からない液体でびっしょりと濡れていた。

おれはとろんとした瞳でアルスを見上げる。もっと乳首をいじってほしくて、そして、未だ収まらない後孔の痒《かゆ》みを鎮めてほしくて、股の間にいるアルスに思わず尻をこすりつけた。

「ふっ……ねだり方がずいぶん上手くなったじゃないか」

「うぅ……」

アルスの言葉に、顔がかぁっと熱くなる。

けれど、それでも迫りくる猛烈な痒《かゆ》みには耐えられず、おれはもじもじとアルスに尻や太股を擦り付けてしまう。

「レン。どうやってねだればいいか、もう分かっただろう？」

「……ッ！」

「ほら、言え。俺は別にこのまま貴様の痴態を見ているだけでも構わんのだぞ。なんなら、あまりの痒《かゆ》さにおかしくなる貴様を見るのも一興だな」

やっぱりアルスは、手加減してくれる気はないようだ。

おれはしばらく迷ったが、結局、後孔の入り口や穴の中でいまだにくすぶる痒《かゆ》みにガマンができず、消え入りそうな声でアルスに告げた。

「……お、おれの………を、触って」

「なんだ？　声が小さくて聞こえん」

「っ……！　この位置なら、アルスは絶対聞こえただろう……っ！」

「俺が聞こえなかったと言っているんだ。なんだ？　なんなら、俺はここで終わりにしてもいいんだぞ」

「ぅ……」

こんなこと、言えない。でも、言わないとずっとこのままだ。

おれは涙目になりながら、アルスからなるべく視線を逸らして、再度、言葉を紡いだ。

「おれの……中を、触ってください……っ」

「ふん、上出来だ」

「ぅあ、ァあぁッ！」

熱された鉄の杭で串刺しにされたような感覚だった。アルスの肉棒が、おれの後孔にめりめりと押し入ってきている。ゆっくりとした抽送だったが、それでも強烈な刺激に、おれは打ち上げられた魚のようにはくはくと喘《あえ》ぐ。

「ぁ、アルスっ……！　んぁ、ぅッ！」

「くっ……すごい締め付けだな」

アルスの硬い肉棒が、おれの胎内の肉の壁をぞりぞりとこすり上げていく。

痒《かゆ》みでぱくぱくと喘《あえ》いでいた肉壁はアルスの肉棒を歓迎し、肉壁全体できゅうきゅうと締め付ける。

「っ、ひっ、ぁっ、んぁッ……！」

それだけでも快楽に耐えられないくらいだったのに、アルスはさらにおれの胸に顔を埋めた。そして、その前歯でぷっくりと尖った乳首を甘噛みしてきたのである。

「んぁッ⁉　アルス、今、それだめっ……ひぁッ！」

「嘘をつけ。こうすると、お前の中は嬉しそうに俺を締め付けてくるぞ？」

くくっと喉の奥で笑ったアルスが、今度は指先でおれの胸をいじり始めた。くるくると円を描くように乳輪を撫でさすったかと思えば、爪でカリカリと先端をひっかく。

そのたびに、おれの腰はびくびくと跳ねて、中にいるアルスを締め付けた。

「ひ、ぁっ、アルス、本当にそこ、もうだめっ、も、おかしくなるっ……！」

ふるふると首を横に振って、限界を訴えかける。

あまりの快楽に、両方の足の指がきゅうっと丸まる。だが、その程度では快楽を逃がすことはできない。

「っ……くそ。だから、それは逆効果だと言っただろうが」

「あっ、ぁ、ふぁッ⁉」

ばちゅんと音を立てて、おれの一番深いところに肉棒が叩きつけられる。かと思えば、肉ひだをかき分けるようにして、ゆっくりと肉棒が引き抜かれる。そして、えらの張った先端だけを残したかと思うと、次の瞬間、再びばちゅんと肉棒が最奥に突き入れられた。

「ひ、ぁ……ぁっ、あッ、ぁ……！」

あまりの快楽に、目の前に火花が散る。

気づけば、おれの陰茎からは白濁液がとぷとぷと吐き出されていた。しかし、それでもアルスは容赦してくれない。

「アルスっ、やだ、おれ今イったばかりっ……ひ、あぁぁっ！」

「なにを言っている。貴様が何度絶頂に達しようが関係ない。俺が満足するまで大人しく抱かれるのが貴様の役目だ」

「っ、で、でも、せめて少し休ませっ……んぁあッ！」

じくじくと痒《かゆ》くてたまらない肉壁が、熱い肉棒でぐちゅぐちゅと掻き回される。それに加えて、アルスは真っ赤に尖った乳首を指先でコリコリといじるのだ。おれの陰茎は、あっけなく二度目の白濁液を吐き出した。

もう、まともな思考などできなかった。

自分が何度精液を吐き出したのかすら分からない。

だんだんと、アルスの肉棒とおれの胎内が融合して、一つの生き物になったような感覚に襲われる。

「くっ……」

下半身が精液と汗でどろどろになり、おれの意識がもうろうとし始めてきた時、アルスの肉棒が最奥をごつんと穿《うが》った。瞬間、アルスの先端から熱い精液がどぷどぷと吐き出される。

「んっ、はぁ……」

おれの身体は、まるで精液を吐き出されたことを喜ぶように、アルスの肉棒にきゅうきゅうとまとわりついた。同時に、おれの陰茎から再び白濁液がとぷりと溢《あふ》れ出る。だが、何度も射精を繰り返したせいで、精液の色は薄く、ほとんど透明に近かった。

「レン……」

度重なる射精にはぁはぁと肩で息をしていると、ふいに、名前を呼ばれた。

アルスを見上げると、彼の手がゆっくりと伸びてきて、額に浮かぶ汗を指先でそっとぬぐってくれる。そして、おれの右目についている眼帯の紐を、丁寧な手つきで直してくれた。

その優しい指先に、なんだか昔のことを思い出して、思わずほろりと涙がこぼれた。止めようと思うも、左目からは次々に涙が溢《あふ》れてくる。

「っ、レン？　どうした、どこか痛むのか？」

泣き出したおれを見て、アルスはぎょっとした顔をした。そして、溢《あふ》れる涙を指の腹で優しくぬぐってくれた。

けれどもおれは、そんなアルスの優しい指先に、ますます涙がこぼれてしまうのだった——

5

「……はぁ」

窓の向こうからは鳥のさえずる声が聞こえ、カーテンの隙間からはやわらかな朝日が差し込んできている。

が、おれは起きたくなかった。このまま二度寝を決め込んでしまいたかった。

しかし、そういうわけにもいかない。なぜなら隣で眠っていたアルスはすでに目を覚まし、上半身をベッドから起こしているからだ。

一応おれの雇い主はアルスなのだから、アルスが起きているのに側仕えのおれが眠ったままというわけにもいかない。

「……おはよう、アルス」

「少し、声がかすれているな」

それはそうだ。昨日の秘薬を使った情交は、一度だけでは終わらなかった。

アルスがおれの胎内に精を解き放ったあとも、痒《かゆ》みは一向におさまらず、おれは泣きながらアルスに続きをねだる羽目になった。

おれのみっともない姿に、さすがのアルスもうんざりするのではないかと思ったが、おれが泣いたりねだったりするたびにアルスは満足げに嗤《わら》い、ますますおれを責め立ててきたのである。

最後には「もしかしてアルスはこのままおれを殺す気なのか？」と、薄れゆく意識の中でちょっぴり考えたくらいだ。まぁ、ともかくこうして生還できてなによりだと思う。

「寝ていてもかまわんぞ」

「いや、大丈夫。……そういえば、この前も今回も、おれの身体とベッドがきれいになってるのは、アルスがなにかしたのか？」

「ああ。クリーンの魔法と、疲労回復の魔法をな」

へぇ、そんな魔法があるのか。

羨《うらや》ましい。おれもせっかく漫画の世界に転生したんだから、魔法とか使ってみたかった。

だが、魔法といえども完璧ではないのだろう。今も若干腰に違和感があるし、声もかすれている。疲労回復の魔法だから、疲れとは違う部分は回復しないのかもしれない。

そんなことを考えつつ、ベッドから上体を起こす。すると、隣で半身を起こしていたアルスが、おれに身体を寄せてきた。

そして、おれの右目の眼帯に指を伸ばし――

「っ!!」

反射的に、おれはアルスの手から逃げるようにのけぞった。

「…………」

「……あ、いや。ごめん、その……びっくりして」

「そういえば、その右目について詳細をまだ聞いていなかったな」

身体をのけぞらせたおれに、アルスがずずいと近寄ってくる。

その表情はいたって真剣で、食い入るようにおれの眼帯を見つめていた。

「この右目のこと？　いや、本当に大したことじゃないんだ！　事故でちょっと失明しただけだから！」

「……ちょっと失明、とは斬新な表現だな……。どういう事故だったんだ？　この王都に来てからの事故なのか？」

「えっ⁉」

「事故ということだが、相手がいるのか？　相手がいるなら、もちろん謝罪と慰謝料についてはきちんと話が済んでいるのだろうな？」

な、なんか、思った以上にアルスがぐいぐい来るぞ⁉

困ったな、どうしよう。

『事故』ってのはとっさに口から出た出まかせであって、本当のことじゃない。まぁ、大雑把に言えば事故なのかもしれないけれど……

しまったな、とっさに『事故』なんて言っちゃったけれど、詳しい設定なんかまったく考えてないぞ。

病気って言ったほうがよかったのか？　いや、でも「どういう病気だったんだ」って聞かれても、詳細が答えられないから同じことか。

こ、こんなことなら昨日のうちに、この右目にまつわる設定を考えておくんだった……！

アルスに詰め寄られたおれがアワアワしていると、忙しないノックの音が響いた。

その音に、おれとアルスもぴたりと動きを止める。

もう一度、コンコンとノックの音が響いた。寝室の向こうの応接室、そこから廊下に続く扉を誰かがノックしていることは明白である。

しかも、こんな早い時間に訪れたということは、かなり急ぎの用件ということだ。

「チッ……」

アルスは近くの椅子にかかっていた豪奢なバスローブを羽織り、前を紐でしめてから、大股で寝室を出ていった。

おれは、なんとか話がうやむやになったことにホッと安堵の息をつく。

あたりを見回し、とりあえず昨夜、脱がされて床に散らばったままの下着、シャツ、ズボンを身につけることにする。ベストやジャケットは、椅子にかけておくことにした。これも多分、メイドさんが回収してくれるとは思うのだが……あとでエルミさんに聞いてみよう。

しかし、こんな朝早くになにがあったんだろう？

邪魔をしてはいけないから、寝室から隣の部屋をこっそり覗いてみる。

訪れていたのは、バルトルトだった。

おれとは違い、きちんとジャケットを身につけ、タイを締めた隙のない格好だ。

「……なるほどな。被害はどの程度だ？」

「一番ひどい被害で、倉庫の一つが三割ほど焼けたとのことですが、もともとあまり使用していなかった物置代わりの倉庫だったので、大した荷物も置いてなかったそうです」

「そうか……」

「自警団の詰所を王都の各所に配置していなければ、もっと被害は広がったかもしれませんね。アルス様のアイディアはさすがです」

「上手くいったようでなによりだ。だが、この数の多さは尋常ではないな」

「はい……おそらく何者かが、朝方の人がいない時間を狙い、同時に複数か所で火災を発生させようと目論《もくろ》んだものかと」

「ふん、朝からご苦労なことだ。引き続き調査を頼んだぞ。私もすぐに会議室へ向かおう」

「ハッ！」

同時に多発した火災騒ぎ。

なんとか、ボヤ程度の被害で食い止められたようだが――これは、昨日、エルミさんが言っていた放火騒ぎと同一犯ってことじゃないか？　こうして聞いただけでも、計画的な犯行のようだ。

つまり、これはテロってことだよな？

おれは聞こえてきた内容に言いしれない不安を覚えた。

一体、誰がやったんだろう。

真っ先に頭に浮かんだのは、奴隷解放反対派の人間たちだけど……

けれど、反対派の貴族たちにもうそんな力が残っているとは思えない。王族は全員処刑されているし……

そもそも、今の魔王アルスの治世は民たちに喜ばれ、その統治が永く続くようにと望まれている。前がひどすぎたというのもあるけれど……

アルスが悪政を敷いているならともかく、今のこの状況でアルスに反逆を起こしても、民の支持を得ることはできない。

だから、生き残った貴族たちが犯人というのは、考えにくい気がするのだ。今このタイミングで反乱を起こすことに、なんのメリットもない。

あー、こういう時にこそ、漫画の知識が未来予知的な感じで役立てばいいのに！

本当、おれの漫画知識は役に立った試しがないよな……あの日、アルスと村を出ようとした時だって、おれはなんの役にも――

「――レン、聞いていたか？」

「は。はいっ⁉」

気がつけば、すぐ目の前にアルスが来ていた。

考え事に没入しすぎて、バルトルトがいつの間にか部屋を退出したことにも、アルスがおれのそばに来たことにもまったく気づかなかった。

「俺は着替えたらすぐに出る。朝食は手配しておくから、この部屋からはなにがあっても出るな。分かったか？」

「う、うん」

ひどく真剣なアルスに、こくこくと頷く。

「あと、この前は言い忘れていたが、部屋の中のものは、デスクの引き出しの書類以外なら好きに使ってかまわない。すでに知っていると思うが、寝室の奥の部屋が風呂になっている。こちらも好きに使ってかまわんぞ」

「分かった、ありがとう」

アルスがじっとおれを見つめる。

「ん？　どうかしたか？」

「……いや、なんでもない」

アルスはなにか言いたげだったものの、結局、口を開かなかった。

もしかするとおれの右目のことを重ねて聞こうとして、時間がないから諦めたのかもしれない。

うーん。やっぱり今度アルスに詳しく聞かれた時にそなえて、この目についての上手い話を考えておかないとなぁ……

6

それから十日が経過したものの、アルスがおれの右目について尋ねてくることはなかった。

おれに気を遣ってくれたのか、それともそんな余裕がなかったのか——というのも、その日から立て続けに、王都の各地で放火騒ぎが起こったからである。

最初の頃は、朝方か夜更けのどちらかに放火されたが、日がたつにつれて昼間にも起きるようになった。怪我人がいないのは不幸中の幸いだろう。革命軍で兵士をやっていた魔族や獣人族が自警団として各詰所に配置されていたおかげで、被害が拡大しないうちに食い止めることができているのだ。

しかし、多発する放火事件に、民衆には不安が広がり始めているようだ。

しかも、放火騒ぎに加えて『建国祭』が迫っている。

『リスティリア王国建国祭』は、毎年、リスティリア王国でおこなわれている祭りだが、普人族の王様の時はほとんど形骸化されていて、大した祭りではなかった。

だからこそ、アルスたち革命軍は、今回の建国祭を大々的におこなおうとしていた。

この建国祭を成功させることで、魔王アルスによりリスティリア王国が新しくなったと内外に印象付けるためである。

つまり今回の建国祭は、その名前のとおり、『魔王アルスの治める新しい国』の誕生を祝う祭りなのだ。そのうえ、建国祭とあわせてアルスの戴冠式もおこなわれる。

これらが成功するか否かで、この新リスティリア王国の今後が決定するといっても過言ではない。

そのため、革命軍に所属していた魔族や獣人族は、総出で放火事件の犯人探しと、建国祭の準備にとりかかっていた。

無論、皆の中心たるアルスを抜きにしては始まらない。

そういったわけで、あの日からアルスは多忙を極めていた。おれの目のことについて尋ねる余裕なんて、あるわけがない。

最近のアルスの帰りは、深夜に近い。時には、帰ってこないこともあるくらいだ。

おれは基本的に、アルスの帰りを待ってからベッドに入るようにしている。アルスが帰ってこない日にはバルトルトかエルミさんが部屋に訪れ、アルスが今日は戻らないことを教えてくれた。

なお、帰ってきた時は、アルスと一緒にベッドに入りはするものの、空が白み始める頃にはアルスはするりとベッドを抜け出て、また仕事へと向かう。なぜかアルスはおれを起こそうとしないので、おれはいつも空っぽになったベッドを見て、ちょっと寂しく思っていた。側仕えという役割でおれを置いているんだから、起こしてくれてもいいのに。それか、「三時間後に起きるつもりだ」とか、あらかじめ教えておいてくれれば、おれもその時間に起きるようにするのに、アルスはそういうことは一切口にしない。

二日後の建国祭が終わりさえすれば、アルスにも余裕ができるのだろうけれど……でも、心配だ。

王様の務めと言われればそれまでだけど、この十日間で、アルスが三時間以上眠った日はないだろう。前に、疲労回復の魔法が使えると言っていたから、睡眠時間が短くても大丈夫なのかもしれないが、それでも心配だ。一緒に朝食を食べようという約束も、結局、いまだに果たされていない。

「倒しに行く前に魔王が過労死してたら、勇者もびっくりだろうなぁ……」

「レン様、どうかしましたか？」

「ああ、ごめん。なんでもないよ」

つい声に出してしまったようだ。

バルトルトがいぶかしげな顔をしていたので、笑ってごまかす。

「バルトルト、こっちの計算は終わったぞ」

「ありがとうございます！　ありがとうございます、本当に……！　僕一人じゃあ精算が追い付きませんでした」

向かいに座ったバルトルトが、笑みを浮かべて礼を告げてくる。

最初の時に比べて、バルトルトのおれに対する態度はかなり軟化してきた。

バルトルトと初めて会ったその次の日、おれは作成した応接室の本棚の目録と、実際に整理した本棚を見せた。バルトルトは目録を見て目を丸くし、「この分類のやり方はレン様がお考えになられたのですか？」と尋ねてきた。

おれは、前に宿屋の客から教えてもらったものだとごまかし、ついで、分類方法を分かりやすく解説した紙を渡した。もしかすると、このリスティリア王国にはまだこうした書籍の内容ごとに分類していく方法がないのでは、と思ったのだ。

おれの予想は当たっていたようで、バルトルトはおれが渡した紙を見て、とても感心してくれた。

『――これは素晴らしいやり方です。レン様！　ところで……もしよろしければ、僕の仕事を少しお手伝いいただけないでしょうか？　近々開かれる建国祭の予算案と、実際に使った経費の精算がかなり膨大な量になっておりまして……』

もちろん、おれが断る理由はなかった。

こうして、おれはバルトルトの仕事を手伝うことになったというわけだ。

やることは建国祭に使用した経費の精算と、予算案と実際の経費の比較である。この予算案と経費が大幅に違っている場合は、どうして見込みから相違が生じたのかを見なくてはいけない。もしかすると、与えられた予算を私利私欲のために使い、それを建国祭のための経費として計上している不届きな輩《やから》がいるかもしれないからだ。

おれは、かつて日本人でサラリーマンをやっていた時はもちろん、こちらの世界で宿屋の従業員をしていた時にもこういった事務処理の経験があった。それに加え――

「それにしても、こちらの計算機は便利ですね。そろばん、というのでしたか」

ジャッ、と音を立てて、バルトルトが珠を弾く。

おれの手元にも同じものがある。これは無論、リスティリア王国由来のものではなく、おれが前世の知識を元にして、オーダーメイドで作ってもらったものだ。

昔、宿屋の帳簿をつけていた際に、同じ地区にあった木工細工の商店に依頼して作ってもらったのである。宿を出て王城に来る時に持ってきた、おれの数少ない私物の一つだ。

おれが持っているそろばんは普段使い用、バルトルトが使っているのはおれの予備である。

そういえば……宿屋の従業員のミーナちゃんも使いたいって言うから、同じ木工細工屋にミーナちゃん用のそろばんを作ってもらって、使い方を教えたっけ。もしかして、あれはおれの退職を見越して、仕事を引き継いでくれたのだろうか。

「最初は珠を余分に弾いたりしてしまいましたが……慣れてくると、とても速く計算ができます。建国祭が一段落しましたら、その木工細工の商店に頼んで、皆にも使わせたいですね」

上機嫌でぱちぱちと珠を弾く姿は、すっかり様《さま》になっている。

おれもそんなバルトルトを見習い、目の前の書類をどんどん計算していく。おれが計算したものを、バルトルトが二重チェックしていくという流れだ。

「それにしても、こう言ってはなんですが……レン様は農村のご出身とは思えないぐらい、こういった仕事に慣れていらっしゃいますね？」

「計算仕事は、宿屋で働いていた時にずっとやってたからさ」

「それにこのそろばんも。このような便利なもの、僕は聞いたことも見たこともありませんでした」

「これも、この間の本の分類方法と同じく、宿に来たお客様から聞いたんだよ」

便利だなー、この「宿に来たお客様から聞きました」設定！

とはいえ、多用するのはやめておこう。どんなお客様だったのかとか、どこから来たお客様だったのかとか聞かれたとしても答えられないし。

バルトルトはけっこう素直だから、おれが「どんなお客様だったかは忘れちゃった。ほら、宿屋って色んなお客様が来るじゃん？」って言ったら、「なるほど、そうなのですね」って頷いてくれるんだけれど……多分、アルスはごまかせないからなぁ……

「なぁ、バルトルト。建国祭が終わっても、この部屋でできる仕事なら、おれにどんどん回してくれ。本棚の整理も、部屋の片付けも全部終わっちゃってやることがないんだ。帳簿作成でもなんでもやるからさ」

「っ⁉　本当ですか！　ありがとうございます！」

バルトルトがぱあっと顔を輝かせた。

話を聞く限り、革命軍に所属していた魔族や獣人族たちは、こういった事務仕事や計算があまり得意ではないらしい。腕っぷしや魔法に自信がある者は大勢いるのだが、事務や経理の仕事になるとできる者は一握りだとか。

というのも、革命軍に所属しているのは、ほとんどが奴隷身分だった魔族や獣人族たちだ。生まれながらに奴隷として生き、充分な教育を受けていない者が多いため、文字が読めたり、計算ができたりする者が少ないらしい。

「今は元奴隷であった者たちにも教育をおこなっておりますが……皆、『この国を占拠した時のほうがはるかに楽だった』とぼやいております」

そう言って、苦笑いするバルトルト。

なお、バルトルトも元は奴隷身分だったが、解放活動の合間をぬって、仲間から文字の読み方や計算を習ったのだという。えらい、えらすぎる。

「そういえば、レン様に先日教えていただいた本の分類、とても便利ですね！　城の大書庫も、年代順に入れられているだけでしたので、さっそくその方法で整理しております」

「役に立ったならよかった。おれもそっちに手伝いに行けたらよかったんだけどな」

「そこまでレン様にしてもらうわけにはいきません。それに、こちらの部屋の整理をしていただいただけでもずいぶんと助かりました。アルス様のお部屋を整理したいとは思っていたのですが、しかし、どうにも手が回りませんで……」

バルトルトの言うとおり、この部屋に山のように置いてあった家具や美術品は、昨日付で無事に倉庫へと移動することができた。

ここ最近、アルスの帰りがずっと遅かったため、彼を待っている時間を使って、おれが整理を進めたのだ。

部屋に無駄に置いてあった家具は、濃い色合いのオーク材のものだけで統一し、花瓶の数を減らした。そして、エルミさんに頼んで残した花瓶にはやわらかな色合いの花を活けてもらった。

部屋の壁にかかっていた絵画は、すべて外してしまうと寂しいので、二枚だけ残してある。この国の王城が青空をバックにして描かれた一枚と、海に沈む夕日が描かれた一枚だ。後者はおれの趣味で残したものだが、アルスもバルトルトもなにも言わなかったので大丈夫だろう。

そこかしこに置かれていた彫像などの美術品もすべて片付け、倉庫に移動してもらったことで、応接室も寝室も、華やかながらもすっきりとした印象になった。

片付けが終わった時には、この部屋、こんなに広かったんだとびっくりしてしまった。というか、今までがゴチャゴチャしすぎてたんだよな。彫像とか、数えたら二十体もあったもん。

ちなみに、バルトルトに聞いたところによると、前国王と前王妃の散財が思った以上にひどく、王城の中で保管されている調度品や芸術品の数は数万点にのぼるらしい。しかも、それらが雑多に倉庫に積まれていて、ろくな目録もなかったようで、整理と管理が追いつかない状態だという。

現在は前国王時代からいる普人族の貴族を招集し、管理と整理をおこなわせているが、彼らですら「よもや、ここまでとは……」と絶句したそうな。

そんなことを思い返していると、ふと、バルトルトが大きなため息を吐いた。

「それにしても……最近のアルス様は、根を詰めて働いておられるので、とても心配です。確かにこの建国祭が正念場ではありますが……」

「そうだな、アルスは最近ろくに寝てないようだし……その、放火事件の捜査の進捗《しんちょく》はどうなのかな？」

おれの質問に、バルトルトは苦い顔で首を横に振った。

「芳《かんば》しくありません。当初、この事件の犯人は普人族の貴族ではないかと思っていたのですが……」

やはり、放火事件の犯人一味は、いまだに突き止められていないようだ。

「そうなのか……被害にあっているのは魔族や獣人族が中心だっていうから、確かにそう思うよな」

そこで、バルトルトは苦笑いを浮かべた。

「ええ、僕もはじめはそう思っていました。放火事件を起こすことでアルス様の威信を傷つけることが狙いではないかと……ですがよく考えれば、それならば建国祭の当日におこなったほうが効果的です」

「それもそうだな」

バルトルトの言うことはもっともだ。おれが普人族の貴族であり、この事件の犯人だったのなら、建国祭を台無しにして魔王アルスの評判を落とそうとするだろう。

「それに今では、彼らのほうが放火事件の調査に熱心なのですよ」

「え、そうなのか？」

「どうも『この事件の犯人だと疑われたら、さらなる財産没収、もしくは処刑にされかねない』と思ったようでして……当てが外れてしまいましたね」

ああ、なるほど。貴族たちからしたら、せっかく処刑から逃れることができたのに、この事件のせいで再度、命の危機にさらされているわけだからな。

そのため、貴族たちはアルスに全力で媚《こび》を売り……もとい、全面的に調査に乗り出しているというわけだ。

「まぁ、ともかく建国祭を成功させることが大事だな。それが終われば、アルスも少しは落ち着いた生活に戻れるだろうし」

「はい。建国祭当日は、特に厳重に町の警備をおこなう予定です。無論、アルス様の命を狙う不届き者が現れないとも限りませんから、側近一同、アルス様を全力で守らせていただきます！」

ふんすふんす、と鼻息を荒くしているバルトルト。

前から感じていたが、バルトルトのアルスに対する思いは、なみなみならぬものがあるようだ。聞けば、家族ともども普人族の奴隷になっていたところを、アルスに助けられたのだという。きっと、バルトルトにとってはアルスは尊敬できる上司であると共に、偉大な英雄なんだろう。

「頼もしいな、バルトルト。おれにもなにか手伝えることがあったら言ってくれよ」

「ありがとうございます、レン様。でも、レン様はアルス様の側仕えが本来のお仕事なのですから、あまりお気になさらないでください。レン様も、二日後の建国祭のご準備があるでしょうし……」

バルトルトの言葉に、おれは肩をすくめて自嘲する。

「おれなんて、アルスにとってはいてもいなくても変わらないよ。ここ最近は、ろくに話もできてないしさ」

そう。近頃は、さすがのアルスもかなり疲れているようで、部屋に戻ってくるなりクリーンの魔法をかけ、そのままベッドに行く。ベッドに入ると、アルスはおれの身体を自分の両腕に抱え込むようにして寝てしまう。そのため、アルスに抱かれたのも十日前が最後だ。

アルスとの性行為は、あまりに快楽が過ぎるから、なければないで安心するのだけれど……正直、おれがなぜここにいるのか分からなくなってきた。

「なにをおっしゃいます。レン様がお越しになってから、アルス様は精神的にだいぶ落ち着かれています。以前は配下の者と親しくされることはなかったのですが、最近はアルス様のほうから話しかけることもあるのですよ。エルミも言っておりませんでしたか？」

「うーん、少しは役に立ってるのかなぁ。……おれはそんな気は全然しないけれど」

そういえば、ちょっと前に、エルミさんが「レン様がいらしてよかった。このような大変な時に、アルス様のお心を支えてくれる方がいらっしゃるのは大きいですから」と言ってくれたけど。

その後、「だからレン様も、もっと私どもにワガママを言っていいんですよ？」とチャーミングな笑顔でウィンクをされたので、てっきり冗談やお世辞の類《たぐい》かと思っていた。

「レン様がいらっしゃる前のアルス様は、張り詰めたような、余裕がないような……そんな憂《うれ》いを見せることがございました。でも、レン様がいらっしゃってから、アルス様が御心の安寧《あんねい》を取り戻されたようで、僕はありがたく思っております」

にっこりと笑って言ってくれるバルトルト。

その笑顔に、おれもつられて笑みがこぼれる。

……バルトルトは本当にアルスを慕ってるんだなぁ。

アルスの周りにそんな人がいてくれることが、本当に嬉しい。

しかし……アルスの心の安寧《あんねい》かぁ。

いまだに不思議だ。アルスは再会した時、おれを憎んでいるような様子だったけど、こうして与えられているのはふかふかのお布団と、おいしい食事に、いつでも入ることができるお風呂。

それに、おれのために自分の秘書であるバルトルトや、古くからの部下であるエルミさんを派遣してくれた。

そりゃ、抱かれるのはいまだに恐いけれど……痛くされたことは一度もないんだよな。薬を使われたり、意地悪な言葉を言われたりはするけれど。アルスがおれの身体が裂けたり血が出たりしないように、馴らしてくれているのは感じていた。

……アルスはおれを、どうしたいと思ってるんだろうか。

アルスの気持ちは、どこにあるんだろうか？

と、おれがそんなことを考えていた時、にわかに部屋のドアが勢いよく開いた。

この部屋に近づいてくる気配と足音にまったく気がついていなかったおれとバルトルトは、びっくりして開いたドアを見つめてしまう。

「……なんだ、貴様ら？」

――そこにいたのは、アルスだった。

アルスも扉を開けるなり二人から注視されてびっくりしたのか、ドアを開けたところで立ちすくんでいる。その後ろには、メイドのエルミさんが付き従っていた。

「も、申し訳ありません、アルス様！　お出迎えもしませんで……！」

「いや、かまわない」

バルトルトが跳ねるように立ち上がり、いそいそとアルスのもとへ駆け寄る。

なんだか、憧れのヒーローを前にした子どもみたいだ。バルトルトは本当にアルスに憧れてるんだなぁ。

「アルス、おかえり。今日は早いんだな」

「……ああ。ようやく一段落ついた」

窓の向こうは太陽が沈みかけ始めた頃合で、空にはきらきら光る一番星がのぼっている。

こんな時間にアルスが帰ってくるのは、最近では本当に珍しい。

アルスの着替えを手伝おうと思ったが、エルミさんが手早くアルスの服を脱がせ始めていたので、おれは上着を受け取るなど、エルミさんの手伝いをするにとどめた。

その間に、バルトルトがテーブルの上を片付ける。そして、おれとアルスに向けて「では、お邪魔になってはいけませんし、今日は僕はこれで失礼させていただきます」と頭を下げて部屋から退出した。

アルスを部屋着へと着替えさせたエルミさんも、おれとアルスに微笑みを向けて一礼し、部屋を出る。

「レン、夕食は?」

二人きりになるなり、アルスが尋ねてくる。

「さっき、バルトルトと簡単にサンドイッチをつまんだよ。だからお腹は減ってないな」

「ふむ……ならばかまわんか」

「ん?」

「――さっさと来い。寝室に向かうぞ」

……あ。今日はこのパターン？

ここ最近はおれとアルスの間ではずっとご無沙汰だったのだが……今日のアルスはその気らしい。

アルスはおれの手首を握りしめ、なかば強引に寝室に連れていくと、おれの身体をベッドに放り出した。そして、自身もベッドに乗り上げ、ベッドサイドに置いてあったガラス瓶を手に取る。

「……ぁ」

アルスが手に持った透明な瓶の中で、ピンク色の液体がとろりと揺れた。

前回使ったはずなのに、それは瓶の口までたっぷりと満たされている。どうやら、いつの間にか新しいものが補充されていたらしい。

「そ、それ、また使うのか……？」

「ああ。エルミの話だとなるべく連続的に使ったほうが感度が上がるらしいしな」

それ、用意したのはエルミさんかよ！

そういえば前に、サキュバス族の秘伝薬だとか言ってたっけ……。さすがサキュバス族……

「……どうしても使わないとダメか？」

「なんだ、嫌なのか？」

「い、嫌に決まってるだろ。だって、それ……。この前だって、おれ、あんな……」

「俺は楽しめたがな。貴様の乱れっぷりを見るのは胸のすく思いがする」

もごもご言うおれを、アルスは有無を言わさずに押し倒す。

そして、おれのシャツやズボンをさっさと脱がし、あっという間に裸にした。

久しぶりだからか、今日のアルスはやけに性急だ。というか、なんか……アルスの機嫌があまりよくない気が？

「んっ……」

アルスが指先にとろりとした液体をこぼし、それをおれの乳輪、そして乳首に丹念に塗り込めていく。

どうしても抵抗感がぬぐいきれなくて、思わず掌で胸を庇《かば》うが、アルスは片手でおれの抵抗をいなしてしまった。

「っ……アルス、せめて、それぐらいで……っ！」

「ふん。まだいくばくも塗ってないだろうが」

「そんなの、嘘っ……ぅあッ！」

アルスの爪先がカリ、と乳首の先端をひっかいただけで、電流の走るような快楽が一気に腰まで駆け巡る。

な、なんだこれ。乳首をちょっと引っかかれただけなのに、とんでもなく気持ちいい……！

「ほう？　まだ二回目だが、それでもだいぶ感度が上がったようだな」

「ひッ……こ、こんなの……」

「はじめは慣らし目的に使った薬だが……これをずっと使い続けるのも一興だな。最終的に、貴様の身体が娼婦顔負けの淫乱になるのが楽しみだ。そうなれば、貴様もずっとここにいるしかなくなるだろうしな」

アルスの言葉に、慌てて薬を塗り込めるのを止めようとしたものの、アルスはおれの手を片手でベッドに縫い止めてしまう。

せめて身体をよじって逃れようとするものの、それも大した抵抗にならなくて、結局ガラス瓶に入っていたまるまる半分を、乳首に塗り込まれてしまった。

「……ん～～～ッ、くふぅっ、ふぅっ……フゥッ……！」

「言っておくが、今回の薬は、前回よりも速乾性が高いからな。布でこすってもとれないぞ」

アルスが嗜虐心たっぷりの笑顔でおれを見下ろし、ひどいことを言う。

押さえつけられていた手は解放されたものの、もはや遅かった。おれの乳首に塗り込められた薬を見ると、もうすっかり乾き、乳輪と乳首に浸透してしまったようだ。

「ぁ、アルスぅっ……かゆい、それに、すごいじんじんするっ……！」

「ふむ、初夜と比べてずいぶんと感度が上がったものだ」

「っ、おねがい、乳首、さわってほし……ッ！」

「……ねだり方がだいぶ分かってきたじゃないか」

アルスがおれの頬を掌でするりと撫でながら、満足げに微笑する。

だが、一向におれの胸に触ってくれる気配はなかった。

「アぁっ、な、なんで、触ってくれないんだよっ……」

「ねだられたからと言って、触ってやるとは言ってないぞ？」

「そ、そんなっ……」

絶望的な気分でアルスを見上げる。

涙目になっているおれに、アルスは優しい声音で――少なくとも、声音だけは優しく――告げた。

「前回は両手を拘束していたが、今日は自由にしてやっているだろう？　自分で好きなようにいじればいい」

「えっ……」

アルスの言葉が信じられなくて、その顔をまじまじと見つめる。

が、アルスは冗談でもなんでもなく、本気でそう言っているらしい。

「じ、自分で……？」

「そうだ、やってみろ」

「……えっと。じゃあ、悪いけどアルスは部屋から出ていただけると」

「……それでは意味がない。俺が愉《たの》しめないだろう」

デスヨネー。

アルスはおれの身体の上からどいてくれる気配もなければ、おれの身体をいじってくれる気配もない。

このまま薬が切れるのを待つ……という手もあるのかもしれないが、おれには無理だ。

なにせ、今でさえ痒《かゆ》みとじんじんとした快楽が、乳首を炙《あぶ》るように襲い、腰がもじもじと揺れてしまうくらいなのだ。見ると、おれの乳首もはしたなく尖りきり、真っ赤になってふるふると震えている。まるで「早く掻いてほしい」と主張しているようだった。

……結局、痒《かゆ》みに耐えきれず、おれは恐る恐る自分の乳首に両手を持っていく。

「んぅ、ッ！」

ぶるっ、と身体が震えた。

指でつまんだ乳首。その指の腹に、コリコリと硬くシコり勃《た》った二つの乳首の感覚が伝わってくる。

「っ、ひァ、あぁッ！」

「乳首だけでそんなに気持ちいいか？　淫乱め」

「だ、だってぇ……んぁ、ぁあァっ！」

乳首をつまんだ親指と人さし指。

その二本の指をずりずりと動かすと、炙《あぶ》るような痒《かゆ》みがどうにか静まり、代わりにびりびりとした快楽が乳首に走る。

おれの陰茎は触れられていないにもかかわらず、すっかり勃《た》ち上がって、ゆるゆると先端から透明な先走りをこぼし始めている。

「ぁ、んっ、ふぅッ……」

「どこをどうするのが気持ちいいんだ？　レン、言ってみろ」

「あっ……ち、乳首、指でつまんで、こりこりするのが、気持ちいいっ……」

キャパシティを超過した快楽に考えがまとまらず、アルスの問いかけに、ぼうっとした頭で答える。

アルスはおれの答えを聞きながら、おれの腹や腰などを掌でゆっくりと撫でてくる。その間も、おれは自分の指で乳頭をコリコリと刺激するのを止められない。

「んぁっ、ひぅ……ぁ、んあッ……！」

「レン、今度は爪でひっかいてみろ」

「ぇ……そ、そんなの、ぜったい、強すぎちゃ……っ」

「いいからやれ。今度は後ろの口に、この薬を注いでやってもいいんだぞ？」

「ひっ……」

アルスがおれの目の前で揺らしたガラス瓶に、びくりと肩が跳ねる。

前回、あれを後孔に注がれた時は、たまったものじゃなかった。胎内全体が弱火で炙《あぶ》られ続けるような痒《かゆ》みに襲われ、アルスの肉棒を何度もねだる羽目になったのだ。

あんな恥ずかしい経験はもうしたくない。

おれは嫌々ながら、アルスの言うとおりに、自分の爪先をそっと乳頭に持っていった。

「んっ、ぁ、ふァッ……！」

爪先で、乳頭をかりかりと弱くひっかいてみると、それだけで身体が跳ねた。まるで陸に打ち上げられた魚みたいにびくびくと身体を痙攣させ、はくはくと喘《あえ》いでしまう。

なのに、アルスは「レン、もっと強くやれ」と言ってきた。

「もっと強くできるだろう」

「こ、これ以上は無理っ……」

「無理でもやれ。これは命令だ」

「ぅう……」

「手加減しても分かるからな。次、思いっきりやらないと、この薬を全部注いでやる」

アルスの鋭い眼光は、その言葉は脅しではないと雄弁に物語っていた。

次、おれが強くやらなければ、本当にアルスはあの薬をおれの後孔に入れてくるだろう。

その時、アルスが後孔を触ってくれればまだマシだが……今みたいに「自分でいじってみろ」と言われたら、まさに地獄だ。

アルスの目の前で乳首を触るだけでも恥ずかしくてたまらないのに、後孔で自慰行為をおこなうなんて冗談じゃない。

おれはアルスの言葉にとてつもない羞恥《しゅうち》を覚えつつも、どうにか決意した。

そして、ぎゅっと目をつぶると――

その真っ赤に尖りきった乳首にぎちりと爪を立て、そのまま押し潰した。

「――、ッあ、ッ！」

――目の前が、真っ白に弾ける。

乳首に走った刺激は、まるで両胸の上で小さな爆弾が爆発したかのようだった。

びくびくと身体を跳ね、腰ががくがくと痙攣する。

「あ、あ、ぁア……ッ」

「ほう、乳首だけでイったか」

「ふぁ……？」

アルスの言葉に、自分の下腹部を見ると、おれの陰茎はどぷどぷと真っ白な精液を吐き出していた。

「ふふ、愉快な見世物だったぞ、レン」

「っ……」

アルスが上機嫌に笑い、おれの目尻に口づけを落としてくる。

その言葉になんと答えていいのか分からず、おれは絶頂の余韻に浸りながらアルスの口づけを受けた。

「ふっ、ずいぶんいやらしい身体になったものだ。この姿、バルトルトにも見せてやるか？」

「――？　っ、なんで……バルトルトが、出てくるんだよ……」

息も絶え絶えな状態で、どうにかアルスに問いかける。

そういえば、さっきからアルスはちょっと機嫌が悪かったな。今は持ち直したみたいだけれど。

バルトルトというと……さっき、バルトルトと話し込んでいる最中に、アルスが帰ってきたんだっけ。

「ずいぶんバルトルトと仲良くなったようではないか。貴様の世話役にバルトルトをあてがったのは俺だが……先ほどは、かなり仲睦まじい様子だったな？」

先ほどというと、やっぱりバルトルトと話し込んでいた時だ。

おれたち二人ともアルスが帰ってくると思ってなくて、一瞬、ぽっかーんって感じでアルスを見つめてしまったんだよなぁ。

……あ。アルスの不機嫌の理由って、そのせいか？

「アルス、もしかして嫉妬してるのか？」

「……嫉妬、だと？　ハ、馬鹿な。誰が嫉妬なぞ……」

アルスが不機嫌そうに目を細める。が、少しだけ動揺しているようだ。

なるほど。この反応だと、やっぱりそうなんだろう。

「アルス。やっぱりお前……」

「チッ。おい、皆まで言うな。俺は嫉妬なぞ……」

「バルトルトがおれに取られるんじゃないかって、嫉妬したんだろ？」

「…………は？」

うむ、やっぱり正解のようだ。

「大丈夫。バルトルトがおれに優しいのは、アルスありきだよ。おれがアルスの側仕えじゃなかったら、バルトルトはおれのことなんて歯牙にもかけてないって」

「…………」

「だから、心配するなよ。な？」

アルスはおれの言葉に黙ってしまった。

うんうん。おれはちゃんと分かってるからな、アルス。

安心させるような笑みをアルスに向けると、彼はなぜか、呆れたような困惑したような表情になる。

「……チッ。興が削がれた」

しばらく沈黙が続いたあと、珍しくアルスは大きなため息を吐いた、そして、おれの身体をさっと抱き上げる。

突然のことにびっくりして身体が硬直する。そんなおれに構わず、アルスはベッドを下り、すたすたと浴室のほうへ向かった。

浴室の脱衣所に到着すると、アルスはおれの身体を下ろし、自分の部屋着をさっと脱いだ。そして、おれの腕を掴み、浴室へと入る。

入るたびに思うけれど、本当に見事な浴室だ。

乳白色を基調とした浴室に、真っ白な猫足のバスタブが置かれている。白磁のつるりとした艶《つや》のあるバスタブは大きく、大人の男性でもゆったりと入れる大きさだ。アルスはかなりの長身だが、それでも難なく入れるだろう。

アルスが小さな声でなにかを呟くと、バスタブの近くにある蛇口から、あたたかなお湯が流れ始めた。

すぐにもうもうと浴室の中に湯けむりが立ち込める。

「レン、こっちに来い。薬を落としてやる」

「ぁ……うん」

アルスに手招かれてそばによる。

洗い場には座るための椅子が床に置いてあり、壁にはシャワーまでもがきちんとついている。こちらのシャワーも魔力を通すとお湯が流れる仕組みのようだ。

しかし……その、これはこれで恥ずかしいな。

寝室は薄暗かったからまだしも、こんなに明るい場所でアルスに裸を見せるのは羞恥《しゅうち》を覚える。

いや、おれの裸なんて、とうにアルスは見飽きているかもしれないけれど……。

……というかそもそも、おれはなんでアルスと風呂に来ているんだ？

風呂に入りたいなら、おれは部屋の外で身体を拭いて、アルスだけ風呂に浸かればよかったのでは……？　あ、でもおれ、一応は側仕えって立場だから、アルスの身体や頭を洗ったりしなきゃいけないのか。

「壁にもたれていろ」

だが、なぜかアルスがおれを洗う気満々という謎の状況。

……まぁ、おれも薬の影響で、痒《かゆ》みとじんじんした感覚が残りっぱなしだし。先ほどの絶頂でだいぶ落ち着いたものの、アルスがいなければ再び乳首に指を伸ばしたいぐらいだ。ここは甘えて、先に身体を洗わせてもらおう。

おれが大人しく浴室の壁にもたれると、アルスは飾り棚に並んでいた瓶のうち、掌におさまるくらいの小さなガラス瓶を手に取った。

先ほど使った、あのピンクの液体が入っていたのと同じデザインの瓶だ。ただし、その中に入っている液体は、きれいな青色をしていた。

アルスがゆっくりとその液体を指先にたらす。そして指をこすりあわせ、ねちゃねちゃと音を立てたあと、おれの乳首に指を伸ばした。

「ふっ……だいぶはしたない姿になったな」

「っァ、んぅッ！」

「こんなに尖りきって、雌《めす》のようだ」

「っ、アルス、薬を落とすって話じゃなかったのか……ッんン！」

「落としてやっているだろう？」

アルスはくっと喉の奥で笑うと、薬の影響でいまだに勃《た》ち上がったままのおれの乳首をすりすりと指でこする。

青い秘薬をまとった指でこすられると、確かにゆっくりと痒《かゆ》みが引いていくのが分かった。けれど、敏感になった乳首は依然として勃起したままなので、アルスの指でこすられるたびに、腰がびくびくと跳ねてしまう。

「ひっ、あァっ！　だ、だめっ、アルス……！」

不意に、アルスが乳首の根本をつねるように爪を立てた。

真っ赤になった乳首は、自分のものとは思えないくらいに腫《は》れている。

「ひっ、ひっぱるなっ……ふァっ、あああァっ！」

いやいやと頭を振るも、アルスは指を止めてくれない。

薬を塗るという目的から逸れているのは明らかだが、壁を背にし、アルスに前方を塞がれているおれは、逃げようがない。

何度も引っ張られたせいで、乳首が燃え上がっているような錯覚に襲われる。薬が残っているのか、それとも落ちきったのかすら分からない。じんじんと痛みと快楽を訴えるおれの乳首は、アルスの言うとおり、もはや男の乳首とは思えないぐらいに赤く尖りきっていた。

陰茎は、再び頭を持ち上げ、たらりと透明な先走りをこぼし始めている。

「ふむ。痒《かゆ》み薬がなくとも、乳首だけで勃起できるようになったか」

「んあっ、あァ……また、こんな……うぅ……」

「そんなにイきたくないなら、少しは抑えてみろ」

「ッ、んァっ⁉」

アルスがおれの陰茎に触れたかと思うと、その手でぎゅっと根本を締め付けた。

そのせいで、陰茎から溢《あふ》れ出ていた精液が塞《せ》き止められ、先端の鈴口がぱくぱくと喘《あえ》ぐように開閉する。

「な、なんでっ、アルス……！」

「貴様が嫌だと言ったんだろうが」

「だからって、こんなの……っ」

「我儘《わがまま》な奴だ。そんなにイきたいなら、きちんと頼んでみろ。ねだり方は散々教えただろう？」

「っ……！」

思わずアルスを涙目で睨む。

が、アルスはおれの睨みなどものともせず、むしろ、ぞっとするぐらいに愉《たの》しげな顔でおれの視線を受け止めた。

そして、容赦なく、つまんだ乳首をくりくりとこねくり回し始める。乳首の先端につんつんと爪を立てたかと思えば、ぐいと引っ張り、そして指で締め上げる。

おれの乳首は熱く疼《うず》き、もう弾けてしまいそうなほどに、硬くなっている。おれは自分の乳首を直視することに耐えきれなくなり、思わず目を背けた。

「っ、アルス、お願いだから……っ！　も、もう、そこ壊れるっ……」

「いっそ壊してみるか。服も着られないほどに敏感で淫乱な肉芽に改造してやるのもいいな。そうすれば、ますます部屋から出られなくなるだろうしな」

懇願を一蹴し、より恐ろしい未来を語る。

おれは立っているのも辛くなり、身体をくねらせる。すると、アルスがつまんでいる乳首が引っ張られる形になり、余計に身悶《みもだ》えることになってしまった。

「ひっ、ぁあ、ァんあッ！」

「ふっ……このままいけば、そうなるのも遠くなさそうだな」

乳首を引っ張られるたびに、陰茎がふるふると震える。しかし、陰茎が精液を吐き出そうとすると、アルスが根本をぎゅうと押さえつける。いつまでも射精ができないおれは、生殺しのような責めに苛《さいな》まれることになった。

「……ほら、レン。ちゃんと俺にねだってみろ」

アルスはそう言うと、根本を押さえていた手をいったん離し、そっとおれの陰茎に這《は》わせ始めた。

そして、先走りでぬるぬるになった亀頭を優しく撫で回す。

しばらくぶりの陰茎への直接的な刺激はとてつもなく、おれは腰をがくがくと震わせた。が、それでもイくことはできなかった。おれが達しそうになるたびに、アルスが手を離してしまうのだ。そして、射精の波が引いたのを見計らい、再び、ゆっくり、ゆっくりと掌で亀頭を転がす。

「らめっ、アルスっ……！　あ、ァああん！　とッ、とめてぇっ……！」

「止めて、じゃないだろう？」

亀頭をゆっくり撫で回されるたびに、腰が自分のものじゃないみたいに痙攣する。なのに、あまりにもゆっくりした刺激であることと、アルスが一定の間をおいて掌を離してしまうので、射精することができない。

イきそうになる瞬間、掌を止める。止めたあとにまたすぐに愛撫を再開され、またイきそうになったら止めるというのを何度も何度も何度も繰り返される。

解放されないもどかしさだけが増していく。永遠に続く快楽は、もはや苦痛に近い。

おれはぼろぼろと涙をこぼし、とうとうアルスに懇願の言葉を吐いた。

「と……とめないで……ッ！」

「止めないだけでいいのか？　貴様はどうなりたいんだ？」

「イ、イキたいっ……イカせて、アルスっ……！」

おれがそう告げた瞬間、アルスが噛み付くように口づけてきた。

突然の口づけに目を白黒させたものの、アルスが同時に陰茎を今までになく激しくこすり始めてきたので、思わずアルスにすがるように抱きついた。

アルスもおれの腕を振り払うことなく、口内に舌を差し入れてくる。ぬる、とおれの舌にアルスの舌が絡んできた瞬間、思わず身体を揺らした。

けれど、嫌悪を感じているわけじゃない。

勇気をふりしぼって、おれもおずおずと舌を絡める。

すると、おれの陰茎を扱くアルスの手が、より一層激しくなった。

「ふっ……！　ん、むぅッ！」

そして極めつきに——アルスがおれの足の間に自分の足を割り入れ、膝でぐり、とおれの陰茎を押し上げた。

陰茎が潰れるような強烈な快感に、おれは声にならない悲鳴を上げる。

「——ッ、ぁ!!」

どくどくと、自分でも驚くぐらいの量の白濁液が陰茎から放たれる。

それはこれまでのどんな射精よりも長かった。おれが腰を震わせるたびに、ぼたぼたと白濁液がこぼれる。

「ぁ……っ、ぅ……」

がくりと力が抜け、床に崩れ落ちそうになった瞬間、アルスがおれを抱きとめてくれた。

慌てて自分の力で立ち上がろうとしたものの、力の抜けきった身体は思うように動かない。少し迷ったものの、そのままアルスの腕の中におさまることにした。

……まぁ、こんな時でもなければ、アルスにこうやって抱きついていられることもないだろうし。

たまにはいいよな、うん。

——その後、足腰立たないおれを、アルスが先ほどと同じように抱えてバスタブに入れてくれた。

予想外だったのは、アルスも一緒にバスタブに入ってきたことである。

いや、元はといえばこの部屋も風呂も、魔王であるアルスのものなんだから、アルスがどう使おうと勝手だし、おれが口をはさむ権利はないんだけどね？

けど、大の男二人が一緒のバスタブに入っている図ってどうよ？

……いや、男二人でも、たとえば恋人同士とかならアリだろうけどさ。

おれとアルスは……そういう関係じゃないんだし。

そんなことを思いつつ、掌でお湯をすくい、それをまたジャバーっと水面に落とすということを繰り返す。

おれはアルスと向かい合うようにバスタブの端に座り、足を縮こまらせて入浴している。逆に、アルスはのびのびと足を伸ばしているので、アルスの足がおれの身体に当たる。それが嫌というわけじゃないが、それでもやっぱり距離が近すぎると思う。そんなわけで、おれは手持ち無沙汰な思いを抱えたまま、とりあえず水を落としてはすくい、という遊びを繰り返していた。

「……それは楽しいのか？」

アルスもさすがに疑問に思ったのか、おれにそんなことを尋ねてくる。

「いや、楽しいわけじゃないけど」

ごめん、アルス。おれ、そんなに大した考えがあるわけじゃないんだ。

……あ。でも、今の問いかけは、なんだかちょっと昔のアルスみたいだったなぁ。

おれたちがあの農村にいた頃——アルスが牢屋に閉じ込められていた頃。

おれが花とか果物とか……なにか新しいものを見るたびに、アルスは「それはなんだ」と聞いてきたっけ。

かつてのことを思い返しつつ、おれは「最近のアルスは忙しいな」とぽつりと呟いた。

別に聞かせようとした言葉ではなかったのだが、浴室で声が反響したことによって、それはしっかりとアルスの耳に届いたらしい。アルスは「そうだな」と頷いた。

「アルスもこうしてたまには風呂ぐらい入れよ。せっかく部屋にこんなキレイな浴室がついてるんだから」

「身体は毎日拭いているぞ。クリーンの魔法もある」

「いや、そうじゃなくて……風呂のほうが身体がリラックスできるだろう？　魔法でもキレイになるかもしれないけど、あたたかいお湯に全身浸かったほうが落ち着くぞ」

「ふむ……」

光を反射してゆるやかにきらめく、風呂の水面。

アルスはしばらく水面を見つめたあと、そこから視線を上げ、おれをじっと見つめてきた。

「そういう貴様はどうなんだ？」

「え？」

「……風呂場でもその眼帯を外さないんだな。そんなものをつけているほうが落ち着かないだろう？」

「お、おれのことはいいだろ」

し、しまった、ヤブヘビだったか。

さんざん考えたけど、この右目について、いい言い訳が思いつかなかったんだよなぁ。おれ、嘘が下手だし。

「えーっと……ホラ、おれのこれは猫のヒゲみたいなものだから！　ないと逆に落ち着かなくてさ」

「………」

あっ、アルスがすごいジト目に……！

「まぁ、その、なんだ。眼帯の件はともかく、おれは充分リラックスさせてもらってるよ。風呂に入るのなんてすごく久しぶりだし」

「……風呂に入ったことがあるのか？　貴様の勤めていた宿屋にそのような高級品が？」

しまった、ヤブヘビその二!!

いや、これはただおれがうっかりなだけか！

「宿屋じゃなくて！　えーっと、親父さんの付き添いで、別の町に行った時にね？」

「そういえば、温泉が湧いている町では、平民でも入れるように公衆浴場を設けていると聞いたことがあるが……」

「そう、それだよそれ！」

もちろん、おれが風呂に入ったのは、こちらの世界のことではない。

前世の日本人時代のことである。

親父さんの付き添いで別の町に行ったことは確かにあるが、公衆浴場なんか見たことすらない。

あっぶねー……な、なんとかアルスが納得してくれてよかった。

しかし、このままだとまたおれの右目のことに話が向けられかねない。かといって、この空間で黙っているのも雰囲気的に苦しいし。

でも、おれ自身の話題だとさっきみたいに、うっかり前世のことを思い出話として語っちゃう危険性があるし……

なら、アルスやこの国の話題にしてみるか。えーっと、なら今の情勢だと……

「今日は早く帰ってこられてよかったよ。最近、全然休みがなかったから心配してたんだ」

「ふん、心配には及ばん。俺は疲労回復や睡眠不要の魔法が使えるしな」

「でも、それだと心のほうが疲れちゃうだろ？　最近なんか、わざとアルスを休ませないように事件が起きているみたいだったもんな。結局、朝ご飯だってまだ一緒に食べられてないしなぁ」

冗談まじりにそう言うと、アルスがなぜか、虚をつかれたような顔をしていた。

「――アルス？」

おそるおそる彼の名前を呼ぶ。

すると、アルスが腕を伸ばしておれを引き寄せてきた。逞《たくま》しい腕がおれの身体を抱きしめる。

「驚いた。まさか貴様がその件を覚えているとは思わなかった」

「覚えてるに決まってるだろ。おれは、飲まず食わずで働いてるアルスが心配なんだよ」

おれを抱きしめる腕の力が強まる。しかも、その手は、おれの身体のきわどい部分に触れてくる。

「っ、おい、アルス……！」

「建国祭が終われば、ようやく俺の仕事も一段落する。そうしたら約束は果たす。それに、もっと時間をたっぷりかけて貴様を可愛がってやろう」

「あ、朝ご飯の件はともかく、後半はいらなっ……んんっ！」

っていうか、今の時点でもおれはけっこういっぱいいっぱいなんだけど！

これ以上時間をかけてたっぷりなんてされると、マジで死にかねないよ⁉

だが、そんなおれの訴えを聞き流し、アルスはおれの身体を愛撫し続ける。勃《た》ちあがった乳首や陰茎に、アルスの指が這《は》う。

「ひ、ぁ、だめっ、アルスっ……！」

耳たぶをアルスに食《は》まれ、びくびくと身体が震える。すると、耳元でアルスがくっと低い笑い声を立てた。

「ほら、貴様だけ気持ちよくなっていては、側仕えの役割を全《まっと》うしているとはいえないぞ？　俺はさっきから一度もまだイっていないんだ。しっかり意識を保っていろよ？」

意地の悪い笑みをこぼしながら、アルスはますますおれへの愛撫を強める。

「そ、そんな風に言うなら、おれに触らないで、突っ込めばいいだろっ……んんっ！」

おれの言葉を封じるように、アルスが唇を重ねてきた。

「……ん、ふっ」

おれはそっと目を閉じる。そうして、おれとアルスはそのまま浴槽で再び身体を重ねたのだった……

7

——翌日。目を覚ました時には、アルスはすでにベッドにいなかった。

昨夜、風呂で致したあと、そのまま一緒にベッドに入ったのだが……今日も今日とて、アルスは一人で目を覚まして、部屋を出ていってしまったようだ。

試しにシーツに触れてみたが、すっかり冷たくなっている。おれが目を覚ますよりもだいぶ前に出ていったのだろう。

ちょっとだけ寂しい気持ちになりつつ、ベッドから身体を起こす。

まぁ、仕方がないか。なんてったって、明日はいよいよ建国祭だもんな。この国の新しい王であるアルスは今日はめちゃくちゃ忙しいだろうし……

「明日の建国祭が終わったら、アルスもちょっとは休めるといいんだけどな」

独り言《ご》ちながら、クローゼットにかかっている洋服に着替える。

着替え終わり、洗面所で顔を洗って髪を整えていると、応接室のほうからノックの音が響いた。

おそらく応接室と廊下とを繋ぐ扉が叩かれているんだろう。

「はい、どうぞー」

「失礼いたします」

寝室から応接室に移動し声をかけると、扉が開き、メイド服姿のエルミさんが入室してきた。

おれの顔を見ると、にっこりと微笑んで礼をする。

「おはようございます、レン様。朝食をお持ちいたしました」

「おはようございます、エルミさん」

エルミさんは廊下から手押しのワゴンを引き入れると、慣れた様子でテーブルの上に朝食の皿を移していく。

おれが椅子に座る頃には、完璧に配膳を終えて、ティーカップに紅茶まで注いでくれていた。

「今日の朝食は、豚のレバーと香草、ベーコンとトマトの二種類のサンドイッチ、それと、ビスコットとアプリコットジャムをご用意いたしました」

エルミさんが説明してくれたのはメインの料理だったが、それ以外にもスープやサラダ、スクランブルエッグにソーセージがテーブルの上を彩《いろど》っている。

相変わらず、この世界の平民が食べるにしては豪華すぎる朝食だった。

いや、前世の日本人だった時と比べても豪華か。特にサラリーマンだった頃は、朝はゼリー飲料で済ませることが多かったもんなー。

とはいえ、なんだか今日は普段以上に豪華な気がする。

明日が建国祭だからかな？

「エルミさん、今日の朝食はいつもより量が多いですね」

「はい！　朝食後は建国祭のリハーサルがありますから、レン様も体力を使われるだろうと思ってこのようなメニューにしました。もしも量が多いようでしたら、遠慮なく残してください。ただ、明日はなかなか落ち着いて食事をとれないと思いますので……」

「んん？　ちょ、ちょっと待ってくださいね」

エルミさんの言葉に、おれは首をひねった。

朝食後は建国祭のリハーサル……？

いや、確かに明日は建国祭だけれど……？　あれ？

「ああ、そうでした！　リハーサルの前に衣装合わせがありましたね。私としたことが申し訳ございません」

「い、いえ、そうじゃなくて……建国祭って、おれは関係ないですよね？」

おれの質問に、エルミさんは目を丸くした。

「なにをおっしゃいますか！　側仕えであるレン様が、アルス様のおそばにいないでどうするのです」

「は⁉　い、いや、ちょっと待ってください。おれ、ここに来てから今まで大した仕事もしてないし。そもそも、明日の建国祭だって関係ないと思ってたから、なにも準備してないんだけど⁉」

「あらあら。なにをおっしゃっているのですか。レン様がアルス様のおそばに控えていなくてはなにも始まりませんわ」

慌てるおれとは裏腹に、エルミさんはころころと笑った。

「そんなに気張らなくても大丈夫ですよ。レン様がなにかをしなければいけないということはありません。明日は、アルス様のおそばにずっと控えていただければいいのです。こちらが進行表になりますので、朝食のあとに目を通してくださいませ」

エルミさんに差し出された紙を受け取る。

朝食のあとでいいと言われたが、こんなことを聞かされては後回しにできないので、片手でサンドイッチをつまみながら紙に目を走らせた。

「……本来ならば、もっと余裕をもってリハーサルをおこなう予定だったのですが、ここ最近の放火事件でそちらに人手が割《さ》かれてしまって……ようやく今日、主要なメンバーが集まることができたのです」

「そ、そうでしたか……」

そう言われると、あまり強く文句も言えないな……

この十日間、アルスやエルミさん、バルトルトがどんなに大変だったか、おれもそばで見ていたし。

それに、この進行表を見る限り、おれには仕事や役割はなく、エルミさんの言ったとおり、本当にただアルスに付き従っているだけでいいようである。

「レン様は進行表のとおりに移動していただければ大丈夫です。バルトルトが常に一緒におりますから、彼と一緒に歩いてください」

ふむふむ、と頷きながら進行表を読み進める。

進行表によると、まず、明日の朝、玉座の間で建国祭の開始を宣言する。次に、引き続き玉座の間で戴冠式、そしてアルスや革命軍幹部たちのスピーチだ。

この戴冠式には、革命軍の主要なメンバーの他に、生き残っている普人族の貴族たち、周辺国の大使が招かれているという。

その後は、会場を大広間に移して昼食会。また、時を同じくして王都に建国祭開始のお触れを出し、豚の丸焼きやソーセージにベーコン、林檎や梨、葡萄などの果物、エールやラガー、蜂蜜酒が振る舞われる予定だという。

昼食会が終わったあとは、アルスと革命軍のメンバーによるパレードがおこなわれる。次いで、王城の大広間にて舞踏会。舞踏会では、立食形式で再びご馳走が振る舞われるらしい。

「うわぁ……予想以上に、過密なスケジュールですね」

次のページをめくる。

二枚目以降には、王都以外の周辺の町や村への施策が記載されていた。

王都以外の町や村にも、ソーセージやベーコンなどの長期保存に向いている肉や小麦、お酒が届けられる予定らしい。

思った以上の大盤振る舞いだ。

「こんなにみんなに食べ物やお酒を振る舞って大丈夫なんですか？」

「ええ。国の倉庫に無駄にあった美術品を売りさばくことで、かなりの費用が捻出できましたので。それに、魔族であるアルス様が王になることに忌避感を抱いている普人族の気持ちを緩和させるためにも、ここで出し惜しみをしてはいけないかと」

「……？　あれ、エルミさん？　アルスは――」

アルスは魔族ではない。

確かに父親は魔族だけれど、母親はおれと同じ普人族だ。

そういったハーフの子どもは、確か『リスティリア王国戦記』の中だと、半人半魔と呼ばれていたはずだけれど……

そう思って、エルミさんに尋ねようとしたが、途中で口を閉じた。

「レン様？　あの、どうかなさいましたか？」

「いえ、すみません。ちょっと気になったことがあったんですが、おれの勘違いでした」

……ここでエルミさんに尋ねるのはやめておこう。

おれは、アルスがハーフであることはエルミさんやバルトルト――革命軍の人たちは当然承知していると思っていた。

でも――もしかすると、エルミさんはアルスが普人族の血を引いていることを知らないのかもしれない。

そうだったとしたら、おれが勝手に言うのはダメだもんな、うん。

「では、お話も済んだところですし、そろそろ準備を進めましょうか。まずは衣装合わせですね」

不思議そうな顔をしていたエルミさんだったが詮索はしないことに決めたらしい。

空になった朝食の食器をテキパキと片付けると、エルミさんはぱちんと指を鳴らした。扉が開いて、二人のメイドさんが入室してくる。

見ると、彼女たちは男性用の儀礼服を恭《うやうや》しい手つきで持っている。

「ありがとう、あなたたち。じゃああとは大丈夫だから、今度はバルトルトのところへ手伝いに行ってちょうだいな」

儀礼服を受け取ったエルミさんがそう言うと、二人は一礼してから退室した。

エルミさんが、くるりとおれに向き直る。

「さぁ、レン様、さっそくこちらの衣装に袖を通してみてくださいな！　もしも裾や袖が余ったり、引き攣《つ》れるようでしたら、今日のうちに手直しさせていただきますので」

「わ、分かりました」

こうなってはもう覚悟を決めるしかない。というか、おれには拒否権はないようだ。

おれは衣装を受け取ると、エルミさんに手伝ってもらいながら着替えた。

自分一人で着替えようと思ったのだが、渡されたズボンは初めて見る形で、ボタンもたくさんついていて、どう着ればいいか分からなかったのだ。エルミさんも「慣れない洋服ですから、レン様お一人で着用して刺繍《ししゅう》や飾りボタンを引っかけては困りますし、私としてもお手伝いさせていただくほうが気が楽なので」と言ってくれたので、お言葉に甘えて手伝ってもらった形だ。

そうして、三十分ほどかけて着替えを終わらせ、姿見で自分の姿を見た。

「――まぁ！　大変素敵ですよ、レン様」

絹のシャツは光沢のある白で、ズボンとコートは黒みの強い茶色、ウェストコートは薄い灰色だ。

コートとウェストコートには、銀糸で花や蔦《つた》模様の緻密な刺繍《ししゅう》が施され、その上をシークインや小さな宝石が縁取っている。

「レン様、そちらのコートの袖口は折り返してくださいませ。ええ、そうです。そちらで大丈夫ですわ」

エルミさんに言われたとおり、コートの袖口を拳一つ分、折り返す。すると、袖の裏側にも、同様に緻密な刺繍《ししゅう》で飾りが施されていた。

「よかったですわ。袖もブリーチズの裾も、特に問題なさそうですね。では、今度は椅子にお座りくださいな」

「服はこのまま着ていていいんですか？」

「はい。リハーサルは、衣装も本番同様に着用しておこないますので、このままでお願いします。多少の汚れ程度なら、クリーンの魔法できれいにできますから、あまり緊張されなくても大丈夫ですよ」

エルミさんの言葉を聞いて、少し肩の力が抜けた。

よかった。リハーサルの件はまだ気が重いけれど、汚れは魔法でなんとかなるようだ。

「では、髪形もいじってみましょうか。レン様は、実際のご年齢よりもお若く見えますので、前髪を上げてみましょうか」

「はい、お願いします」

いつも食事をとる時に使っている椅子に座ると、エルミさんが背後に回った。

「あと、こちらの眼帯ですが……」

エルミさんの指が、おれの目にかかっている眼帯の紐に触れた。

びくっと肩が跳ねてしまう。すると、エルミさんはすぐに指を紐から離した。

「……眼帯は、今のものですと衣装と合いませんので、あとでこちらのものに替えていただいてもよろしいでしょうか？」

エルミさんが差し出してきた眼帯は、衣装と同じく黒みがかった茶色の生地に、銀糸で刺繍《ししゅう》が施されていた。

……この眼帯、まさかおれのために作ったのだろうか？

いや。でも、そんなわけはない、か……？　けれど、衣装と同じ生地で、こんな刺繍《ししゅう》のされた眼帯なんて、そうそうあるものではないような気もするし……

でも――この眼帯をおれのために誂《あつら》えたとしたら、アルスがおれのために、この服と眼帯をわざわざ仕立てたってことになるし……そんなわけはないよな。

アルスがおれのために、そんな労力を払う意味がない。

「ありがとうございます、エルミさん」

エルミさんに髪を整えてもらい、自身の目に巻いていた白い布を外して、刺繍《ししゅう》の施された眼帯をつける。

そして、椅子から立ち上がって、もう一度姿見で自分の姿を見てみた。

「いかがでしょう、レン様？」

繊細な刺繍《ししゅう》の施された儀礼服を着込み、前髪をなでつけて、眼帯をつけた自分の姿をまじまじと見つめる。

おお。豪奢な衣装のおかげか、意外と様《さま》になってるな。

それに、髪を上げたのも久しぶりだ。なんだか、前世のサラリーマン時代を思い出す。

ただ、やっぱこの眼帯が……

「かっこいいけど、ちょっと中二病感がありますね……」

刺繍《ししゅう》の施された眼帯は、ちょっとどころか、かなり中二病感がある。

かっこいいんだけど、自分がつけてるとちょっと気恥ずかしいぞ、コレ。

「はい？　チュウニ病、ですか……？　その、普人族にはそのような病気が？」

「いえ、すみません。本当の病気ってわけじゃないんです」

首を横に振って苦笑いをエルミさんに向ける。

うーん……どうしよう。この眼帯を外すわけにはいかないんだよな。

失明した時に、黒目の部分は完全に白濁しちゃってるから、初めて見る人にはギョッとするだろうし。それにこの目の事情を詮索されるのはいやだし……

特に、今はアルスがいるし。

あいつには絶対に事情を聞かれたくない。

……となると、やっぱりこの眼帯をつけるしかないかー。

しょうがない、まぁ、明日一日だけだもんな。

「ありがとうございました、エルミさん。普段のおれなら服に着られている感がすごいでしょうが、エルミさんのおかげでいい感じに仕上がってます」

「まぁ、ありがとうございます。でも、それは元がいいからですよ」

そつのない言葉を返してくるエルミさんに、曖昧《あいまい》な笑みを返す。

そして、テーブルの上に置かれたままだった進行表を再び手に取ると、おれは、はあとため息をついた。

「――にしても、マジでおれが参加する意味が分からないんですけれど……」

「あら。レン様は建国祭に参加するのはお嫌ですか？」

「……そういうわけじゃ、ないんですけれど」

嫌なわけではないのだ。

もともと、建国祭は見てみたいと思ってたから、参加できることは嬉しい。

アルスがこの国の王様になる姿が、とうとうこの目で見られるのだ。少年の頃、牢屋に閉じ込められていた小さなアルスの姿を思えば、こんなに喜ばしいことはない。

ただ――アルスの気持ちがどこにあるのか分からない。

おれをこの部屋を閉じ込めたかと思えば、自分の腹心を世話役にあてがって。かと思えば、夜はさんざんな目にあわされるし。そしたら今度は、建国祭に参加しろときた。

「……アルスが……あいつがおれをどうしたいのか、どう思っているのか、全然分からないんです。だから、最近、おれもどうしたらいいのかよく分からなくなってきて……」

アルスの気持ちが全然見えない。そのことが、もどかしくて、やるせない。

最初は――アルスが昔のことでおれを恨んでいるなら、仕方がないかと思った。

なのに……アルスはおれを憎悪しているそぶりを見せたかと思ったら、次の瞬間には、驚くくらいに優しく触れてくるのだ。

「……レン様は、それでもアルス様のおそばから離れようとはなさらないのですね」

「え？」

驚いて顔を上げる。

視線を上げた先では、エルミさんが慈愛に満ちた微笑みを浮かべていた。

「もしかすると、アルス様もレン様と同じかもしれませんよ？」

「……同じ？」

「はい。アルス様も、今、自分のお気持ちに迷っている最中なのかもしれません」

唄うようにそう言ったエルミさんは、ポットを手に取ると、いつの間にか空になっていたおれのティーカップに新たな紅茶を注いでくれた。

かすかな湯気と共に、ふわりと花の香りが鼻孔をくすぐる。

「でも、建国祭にレン様をお連れするアルス様の意図だけは、私めにも分かりますよ。おそらく、アルス様は見せびらかしたいんだと思いますわ」

「見せびらかすって、なにを？」

「レン様が自分のものだっていうことを、ですよ。まるで、欲しかった玩具《おもちゃ》をようやく手に入れた子どものようで、可愛らしいと思いませんか？」

そう言って、にっこりと微笑むエルミさん。
なんだそれ。分かるような分からないような……
確かにおれは今、アルスのものだけど。玩具《おもちゃ》と子ども、ねぇ……？

8

――その後、おれはエルミさんの後ろに付き従って廊下に出た。

部屋の外に出たのは約二週間ぶりだ。

城下町の宿屋で働いていた日々が、なんだかとても昔のことのように感じられる。

廊下は相変わらず迷路みたいな造りだったけれど、前回と比べると、あちらこちらに置いてあった美術品が片付けられていて、非常にスッキリしていた。とはいえ、適度に絵画や花瓶が残してあり、地味ということもない。いつの間にか、こちらも片付けをおこなったらしい。おそらく、建国祭で他国の使者が訪れるからだろう。

赤い絨毯《じゅうたん》が敷かれた廊下をしばらく歩き、階段をいくつか下りて――また廊下を歩き続けると、城の正面ホールに出た。

初めて訪れた時は、ここには警護の兵士しかいなかったが、今日は違う。魔族や獣人族だけでなく、おれと同じ普人族など、大勢の人がいる。各々でグループを作って、真剣な顔で口々になにかを言い合っていた。どうやら、明日の本番に向けての打ち合わせをしているようだ。

エルミさんがこっそりと耳打ちをしてくる。

「あそこにいる普人族の方々は、もとから革命軍に所属していた人たちなのですよ」

「えっ。普人族で革命軍に入っていた人もいるんですか？」

「はい。貴族や王族の横暴に耐えきれず、力を貸してくださったり、自ら革命軍に入ってくれた人々も、少なからずいるのです。割合としては魔族や獣人族のほうがずっと多いので、二種族だけで構成されていると思われがちなのですが……」

「そうなんですね……」

これもまた、漫画『リスティリア王国戦記』との相違点だ。

あちらの漫画では、革命軍は魔族や獣人族のみで構成されていると明言されていた。だから、おれも今までそうだと思い込んでいたのだ。

「レン様もあまり緊張しないでくださいね。明日の式典には、普人族の皆も参加しますので」

「分かりました。気を遣ってくださって、ありがとうございます」

彼らの横を通り過ぎる時、何人かの人たちがエルミさんを見て、ぺこりと頭を下げた。

エルミさんは微笑みを返しただけで、足を止めずにすたすたと歩き続ける。

やっぱりエルミさんは、革命軍の中でもかなり上の立ち位置にいるらしい。

感心しながらエルミさんの背中を見ていると、ふと、おれにも何人かの視線が注がれているのに気がついた。

「ほら、エルミ様と一緒に歩いている彼が、噂の……」

「彼がアルス様の？　ふーん、なかなか可愛いじゃん」

「馬鹿。お前、アルス様に聞かれたら殺されるぞ」

ひそひそと交わされる囁き声に、ちょっと気まずい思いをしながら、おれは足早にエルミさんのあとを追いかけた。

正面ホールを抜けると、石造りの大階段があり、その先の大扉が玉座の間である。

先日、遠目に見た時には固く閉じられていた大扉が、今日は堂々と開かれていた。エルミさんのあとに続き、ちょっと緊張しつつ足を踏み入れる。

「うわぁ……！」

玉座の間に入ったおれは、思わず感嘆の声を上げた。

左右にはアーチ型の窓が並び、そこから明るい陽射しが注ぎ込んでいる。

床は何種類もの大理石を組み合わせて、精緻《せいち》な幾何学《きかがく》模様になっていた。天井はかなりの高さで、二十メートルくらいはあるんじゃないだろうか。ドーム型のそこには彫刻が施されている他、水色の空をバックに神話の人物たちが描かれていた。

荘厳な雰囲気を漂わせる、美しい空間だった。

おれ以外にも、何人かの魔族や獣人族の人たちが足を止めて、彫刻や天井画をまじまじと見つめている。

「すごい……！　まさに玉座の間って感じですね！　とてもきれいです」

「ふふ。実はこの玉座の間にも、最初は美術品がこれみよがしに置かれていたのですよ」

「え、そうなんですか？」

「はい。金箔で装飾された彫像が、五十体ほどあちこちに……」

「うわぁ」

金箔によってギラギラに光り輝く彫像が五十体、ところせましと置かれた玉座の間……

……訪れる人が、拷問部屋だと勘違いするんじゃないかな。

「城にあった美術品の整理が、今日までに終わってよかったですわ。ああいった装飾品や美術品は嫌いではないですが……ちょっと、数が多すぎましたもの」

苦笑いのエルミさんに、おれも完全に同意だ。

そんな会話をしつつ、おれとエルミさんは足を進める。

時折、先ほどと同じようにジロジロと無遠慮な視線が注がれたが、もう気にしないことにした。

大理石でできた玉座の間は、最奥が二段ほど高くなっており、そこに大きな椅子が一つ設置されていた。

そう、このリスティリア王国の王が座る玉座である。金と宝石の装飾が施され、紅のベルベット生地が貼られたそれは、輝くような存在感を放っていた。

そして――

「――アルス様。レン様をお連れしました」

「ああ、エルミか。ご苦労だった」

玉座の近くに立ち、そばにいた人々と何事かを話していたアルスが、エルミさんに声をかけられて振り返る。

そう。豪奢な玉座以上に、鮮烈な存在感を放っているのがアルスだった。

アルスは、濃い臙脂色《えんじいろ》に金糸で刺繍《ししゅう》が施された服を着て、足にはぴったりとした黒いズボンと軍靴を着用していた。肩の上には、白い毛皮があしらわれた、服と同じ臙脂色《えんじいろ》のマントを羽織っている。頭には大ぶりなルビーのついた王冠をかぶり、手には王笏《おうしゃく》を持っていた。

王冠も、玉座も、まるでアルスのためにあつらえたのではないかと思うほど様《さま》になっている。

思わず、言葉も忘れてまじまじと見入ってしまう。

「……ふん。まぁ、悪くはないな」

だから——あんまりにもアルスに見惚れていたものだから、アルスがおれに話しかけていたことに気づかなかった。

隣にいたエルミさんにつんつんと指でつつかれても、まだぼうっとしてしまう。

返事をしなかったおれに苛立ったのか、アルスが眉間に皺《しわ》を寄せ、「おい、聞いているのか？」と催促してきたことで、ようやくハッと我に返った。

「あ、ああ、ごめん。つい、アルスに見惚れてぼーっとしてた」

「……見惚れていた？　俺にか？」

「うん、アルス、すごくかっこいいよ。だから、思わず見惚れちゃったな」

あはは、と照れまじりに笑ってみる。

本当はもっと気のきいた褒め言葉が言いたかったが、語彙力《ごいりょく》のなさが情けない。

「……ふん。そんな言葉で俺の機嫌をとってるつもりか？」

「え？　いや、別にアルスの機嫌をとろうと思ったわけじゃなくて、思ったことを素直に言っただけだけど」

　というか、おれなんかに褒められてもアルスは嬉しくもないだろうし。言葉なんかでアルスの機嫌がとれるとは思ってもいない。

「……まぁ、いいだろう」

　言葉とは裏腹に、心なしか、満足げな声音だった。

　アルスの態度に困惑していると、再び横から、つんつんとつつかれる。エルミさんだ。

　見ると、なんでかエルミさんがにっこりと笑みを浮かべて、右手でグッジョブのハンドサインを送ってきた。

　こっちの世界にもそのハンドサインあったんだ。

　でも、なんでこのタイミングで？

　ますます困惑して首を傾げると、アルスがそばにいたバルトルトになにかを言った。

　バルトルトはこくりと頷くと、大声で「皆、アルス様からの御言葉である！　いったん作業を中断して、こちらに集合せよ！」と叫んだ。

　ちなみに、バルトルトもおれと同じ儀礼服を着用していた。おれとは色違いで、彼のものは青紫を基調としている。

　バルトルトの声を聞いて、玉座の間にいた人たちや、正面ホールで打ち合わせをしていた人たちがぞろぞろと集結した。

　そうして、玉座の間は、あっという間にたくさんの人たちで埋まる。

背中から羽の生えた者、頭から角の生えた者、肌が白い者から青みがかった色の者、うろこのようなものがビッシリとある者など、非常に様々な人が集まっていた。

玉座の前に立ち、アルスは多種多様な人々をぐるりと見回した。

緊張した様子は見られない。きっと、この程度の人数の前で演説をするくらい、アルスにとっては慣れたものなのだろう。

そして、彼はゆっくりと唇を開いた。

「――明日はいよいよ、このリスティリア王国の建国祭となる。皆も知ってのとおり、これは旧来の建国祭とはまったく違うものだ。明日は、真の意味での建国祭となる。我々はようやく、誰にも虐《しいた》げられることのない居場所を勝ち取った！」

アルスの言葉に、皆がきらきらと希望に溢《あふ》れる表情になった。

自分の言葉が各々に浸透し終わるのを待って、アルスは再び口を開いた。

「この新生リスティリア王国が誕生する日を、貴君らと共に迎えられることは大きな喜びだ。この新しき国は、一部の愚者が犯したような過《あやま》ちはけっして犯さない。傲慢《ごうまん》な人々による誤った治世は、いずれ正しい者に打倒されると、我々は自分の身をもって証明したからである」

アルスの言葉に、人々の間に満ちる空気はますます熱気を増した。

玉座の間はしんと静まり返っているにもかかわらず、人々の興奮がごうごうと聞こえてくるかのようだった。

「優しさ、正義、平等の精神を持ち、我々は誰も恨まず、憎まず、すべての幸福と繁栄をわかちあうだろう。そして、私も王として、貴君らに永遠の幸福と繁栄を与えると約束しよう」

アルスがそう言い、王笏《おうしゃく》を天に向かって掲げた瞬間、轟《とどろ》くような喝采と拍手が場を支配した。

おれも、心からの拍手を送った。

目尻に浮かんだ涙を、誰にも見られないようにそっとぬぐう。

アルスの言葉は――このリスティリア王国が、完全に漫画『リスティリア王国戦記』とは異なる道を歩み始めたことを象徴していた。

そのことが――ただひたすらに嬉しかった。

9

――アルスの演説のあと、建国祭のリハーサルが玉座の間にておこなわれた。

エルミさんの事前の説明どおり、おれはなにをするということもなかった。アルスが玉座の間に入場する際にその後ろに付き従い、アルスが玉座に座ったら、少し離れたところでバルトルトと共に待機するだけだ。これなら明日はなんとかなりそうだ。

「皆様、これでリハーサルは終了です！　お疲れさまでした！　大広間と食堂に昼食を用意してありますので、そちらで休憩をしてください」

エルミさんの朗々とした声が玉座の間に響くと、皆、ぱあっと顔を輝かせた。

確かに、もう昼食の時間だ。

玉座の間で今までリハーサルに励んでいた者たちは、和気《わき》藹々《あいあい》とおしゃべりをしながら玉座の間を出ていった。

とはいえ、全員が退出したわけではない。見ると、エルミさんとバルトルト、それに他の数名の者たちが、頭を寄せ合って真剣な顔で何事かを話し合っている。

うーん……おれはどうしたらいいんだ？

朝ご飯の量がけっこう多かったから、お腹はまだ空いていない。ひとまず、エルミさんを待っていればいいだろうか……？

「――レン。貴様はこっちに来い。俺の着替えを手伝え」

そんなことを考えていたら、不意に、アルスがおれの手首をがしりと掴んできた。

いつの間にか背後に来ていたらしい。

見上げると、アルスは眉間に皺《しわ》を寄せて不機嫌絶頂という表情をしていた。

「なにをもたついている。さっさとこっちに来い」

「いや、ちょっと待ってくれって。エルミさんに一言言っておかないと……」

アルスはどうやらこの玉座の間から移動するみたいだ。

おれをここに連れてきたのはエルミさんなんだから、彼女になにも言わずに退出するのはまずいのではないだろうか。

サラリーマン時代の経験上、アルスにそう告げたのだが、それを聞いたアルスはなぜか眉間の皺《しわ》をますます深くした。おれの手首を掴む力も強くなる。
ア、アルスさん？　それ以上力を込めると、おれの手首が折れるから気をつけてね？
「なにを言っている。お前の主人は俺なのだから、俺の言うことだけ聞いていればいいだろう」

「いや、あの。それはそうなんだけれど、そうじゃなくて……」

そんなことを言い合っている間に、エルミさんがおれたちが揉めているのに気づいた。

くるりとこちらを向いて「あっちゃー」みたいな顔をしたあと、アイコンタクトと手振りで「アルス様と一緒に行って大丈夫です」と告げてきた。

それにほっと安堵しつつ、おれはアルスに向き直った。

「アルス、待たせて悪かったな。エルミさん、大丈夫だって言ってくれたから、移動しようか」

「………」

しかし、アルスはギロリとおれを睨んだ。

どうやらおれの今の回答もお気に召さなかったらしい。黙ったまま、おれの腕を掴んですたすたと歩き始める。

ちょ、掴まれてる手がけっこう痛いんだけど……！　待って、引っ張らないで！　アルス、周囲の人間が自分ほど足が長くないって分かってる？

とはいえ、ここで文句を言うとアルスの機嫌がますます悪くなりそうだから黙っておこう。

手を引かれて向かった先には、小さめの扉があった。その扉を開いた先には、廊下が続き、突き当たりに再び扉がある。

アルスのあとに続いて突き当たりの扉をくぐる。

そこにあったのは、そう大きくはない部屋であった。おれは後ろ手で扉を閉めて、周囲をきょろきょろと見回す。

ソファや小さな祭壇、クローゼットなどがあり、床には絨毯《じゅうたん》が敷かれている。壁の高いところに明かりとりの小さな窓が一つあるだけで、玉座の間に比べると薄暗かった。そして、部屋の中にはおれたち二人以外誰もいない。

「おい、レン。早く手伝え」

アルスに声をかけられ、ハッとして見ると、アルスが眉間にグランドキャニオン並みの皺《しわ》を刻みながら、頭にかぶった王冠をとり、マントを脱ぎ捨てようとしていた。

慌てて王冠とマントを受け取る。

王冠もマントもずっしりと重く、おれは少し足をよろつかせながら、クローゼットにそれらをそっと置いた。

「アルス、あまり乱暴に扱うなよ。明日の本番で使うのに、壊したらどうするんだ」

「壊れようが汚れようが、どうせすぐに魔法で直せる」

おれが注意した時には、早くもアルスはソファに足を投げ出して座っていた。

先ほどまで、大勢の人たちの前で堂々と演説をしていた人物と同一人物とは思えない。

アルスは右手でぐしゃりと前髪をかき上げた。形のいい額はうっすらと汗ばんでいる。よくよく見ると、頬もいつもより赤みを帯びているようだ。

そうか。どうしてこんなに不機嫌なのかと不思議だったけれど……マントと王冠を着用しているアルスはかなり暑かったようだ。

確かに今日は、いい天気だもんな。

儀礼服を着ているおれでも、リハーサルの時に動いたら身体がぽかぽかと温まったから、毛皮のあしらわれたマントをつけていたアルスは相当な暑さだったろう。

おれはズボンのポケットから白いハンカチを取り出すと、アルスのそばに寄った。

「まぁ、ともかくリハーサルが無事に終わってよかったな、お疲れさま」

ハンカチでそっとアルスの額に浮かんだ汗をぬぐう。

おれが触れた瞬間、金色の瞳がわずかに見開かれた。が、アルスはなにも言わず、おれの行動をとがめることもなかった。

しばらく無言のまま、アルスの汗をぬぐう。

アルスの目尻に紅が塗られている。どうやら化粧が施されているらしい。髪にも花油が塗られているようで、いつもより艶《つや》がある。

王様はお化粧もしないといけないのか、大変だなぁ……としみじみ思っていると、突然、アルスがおれの頬に指でそっと触れてきた。

「っ、アルス……？」

困惑しながら、ソファに座る彼を見下ろす。

アルスの節くれだった指はおれの頬から目尻へと移動し、指の腹でそっとくすぐるように触れてきた。

「ここが、少し赤くなっている」

「え？」

「見間違いかとも思ったが……やはり、さっき泣いていたんだな。なにかあったか？」

驚きのあまり、言葉を失って硬直した。

まさか――アルスが演説した時、確かにおれは、少し泣いちゃったけれど。でも、それはかなり短時間のことで、すぐに涙だってぬぐった。

それに、周囲にはエルミさんやバルトルトたちを含めて、かなりの人数がいた。

アルスには絶対に気づかれていないと思っていたのに……！

「どうして黙っている？」

「い、いや、その……」

アルスがおれの腰に腕を回し、ぐっと力をこめる。

おれは背中に冷や汗がだらだらと流れるのを感じた。

……あの時、おれが思わず涙をこぼしてしまった理由は――この世界が、漫画とは完全に異なる運命になったことが分かって、嬉しかったからだ。

『リスティリア王国戦記』では、主人公が魔王アルスを倒し、リスティリア王国を解放する。

この現実でも、『リスティリア王国戦記』どおり、アルスは魔王になってしまった。

でも、あの演説を聞いて、アルスが勇者に殺される未来は完全になくなったと思えたのだ。だから、安堵のあまり泣いちゃったんだけれど……

こんなこと、アルスに言ってもわけが分からないよなぁ。

「……いやー、あの小さかったアルスがさ、大勢の人の前でこんなに立派な演説ができるようになったんだなぁと思ったら感動しちゃってさー！」

「…………」

ごまかしの言葉を吐きながら、へらへらと笑ってみせる。

瞬間――アルスの纏《まと》う空気が、硬質で冷たいものへと変わった。表情も、憎しみと苛立ちまじりのものへと変わる。

「……チッ。貴様は隠し事ばかりだな」

「え……うわっ！」

腰を強引に引き寄せられ、ソファに座ったアルスの膝をまたぐようにして向かい合わせで座らされてしまう。

慌ててアルスの肩を押して離れようとしたが、アルスの腕にがっちりと腰をホールドされていて離れられない。

「ア、アルス、離してくれよ。ここ、誰か来るかもしれないから……！」

「休憩時間が終わるまでここには誰も来ないし、仮に来たとしてもどうでもいい」

「アルスはどうでもよくても、おれ的には大問題なんだけど!?」

おれの抵抗などなんのその、アルスは荒っぽい手つきで、おれの服を次々にはだけさせていく。

「……思えば、出会った時からそうだったな」

「え？」

「昔から、貴様は隠し事ばかりだと言っているんだ。あの牢屋で、俺に魔法を教えた時にも『どうしてそんなことを知ってるんだ』と尋ねたが……貴様は結局答えなかった」

「それは……」

――おれの知識は、前世で読んだ『リスティリア王国戦記』から得ているものだから。

でも、そんなことアルスには言えなかったから、適当にごまかしたんだっけ。

あの時のことを、いまだにアルスが覚えているなんて思ってもみなかった。

驚いてアルスをまじまじと見つめると、金色の瞳と視線がかち合った。

「重要なことは、はぐらかしてばかりだな。貴様の目には……いまだに俺は、小さくて頼りないガキのままに映っているのか？」

「アルス……？」

どこか、苦しげな声音だった。

「そんなに俺は——」

アルスはその先の言葉を続けようとはしなかった。

途中で押し黙ると、一つ舌打ちをして、おれの首筋に顔を埋める。アルスの膝の上に乗っているせいで、ちょうど、アルスの頭がそこにおさまるのだ。

「いっ……！」

ずきり、と痛みが走る。

よく見えないが、首筋に歯を立てられて噛まれたようだ。

慌ててアルスの肩口を押して離そうとするも、びくとも動かない。

「……鉄の味がするな」

そう言って、アルスはゆっくりと顔を上げる。その唇は赤い血でわずかに濡れていた。そして、舌先でぺろりと唇についた血を舐めとる。

その様《さま》がなんだかとても扇情的で、どきりと胸が高鳴った。今日はアルスが化粧をしているからかもしれない。それで、まるで血が口紅のように見えて……って、血!?

はっとして自分の首筋に指で触れると、ぬるりと濡れた感触がした。

「うわ、けっこう血が出てる。アルス、あとでこれは治してくれるんだよな？」

思ったより、深い噛み傷になってるな……かなり本気で噛まれたみたいだ。

しかもこの位置だと、服を着ていても噛まれた痕《あと》が他人からばっちり見えてしまう位置だ。

いつもなら部屋に引きこもっているからいいけど、明日は建国祭だ。アルスの魔法で治してもらわないと、色んな人に見られてしまう。

「………」

しかし、アルスはおれの言葉を無視して、そのまま唇を鎖骨の上に這《は》わせる。

「んっ……ぁ、ちょっ、アルス……」

「痕《あと》を見られるのが嫌なのか？」

「え？」

「この傷は治してはやらん。貴様が俺の所有物だという証《あかし》だからな。エルミやバルトルトに言っても無駄だぞ」

そう言って、アルスは今度は鎖骨の上の薄い皮膚を、音を立てて強く吸い上げた。

唇が離れると、そこはうっすらと赤く色づいていた。

痕《あと》がついたのを確認したあと、アルスは鎖骨から下にくだって、胸の上に唇を這《は》わせる。

上着とシャツをはだけられ、外気に触れたそこはかすかに勃《た》ち上がっている。

それを見て、アルスは満足げに唇の端をつり上げた。

「なんだ。口ではなんと言おうとも、ここは嬉しそうにしているじゃないか」

「こ、これはただの生理現象だから……んぁっ！」

唇で、はむりと尖った乳首を食《は》まれ、ぶるりと身体が震えた。

甲高い声を上げたあとで、ここがいつもの寝室ではないことに気づいて、慌てて片手で口を押さえる。

「なんだ、なにをしている？　ここでどんなに声を上げたところで、玉座の間までは聞こえないから安心しろ」

「そ、そうは言ったって……！　んっ……！」

すぐ近くの玉座の間にはまだ大勢の人がいるのだ。

玉座の間は石造りだったから、ここの声が聞こえることはないかもしれないが、それでも怖い。

「ふっ、ふぅっ……ぁっ、んぅっ！」

アルスの肩に片手でしがみつきながら、もう一方の手で口元を押さえて、必死に嬌声をこらえる。

「……強情だな。まぁ、必死に快楽を耐えている貴様の顔は、これはこれで趣《おもむき》があるか。では、どこまで我慢できるか試してみようか」

おれがそうやって声を我慢している様子を見て、アルスは金色の瞳に意地の悪い光を宿し、いっそう責めを激しくしてくる。

「ひっ……ぁ、やだ、アルスっ……ふ、ぁっ⁉」

ちゅう、と音を立てて尖り切った乳首を吸われ、反対の乳首も指先でくりくりと揉みしだかれる。

慌ててアルスから身を引こうとしたが、腰をがっちりと抱かれて逃げられない。アルスがおれの身体を自分にぐいと引き寄せたので、ますます密着してしまう。

「ふっ、ぁっ……やっ、アルスっ……！」

快楽にもじもじと腰を揺らす。

陰茎がすっかりと勃《た》ち上がり、いまやズボンを押し上げているのが自分でも分かった。

アルスもそれに気がついたようで、乳首をいじっていた指をそちらに伸ばし、布越しに触れてくる。

「ひぁっ⁉」

「あれだけの刺激でこうも感じるとは……ずいぶんといやらしい身体になったものだ」

「だ、誰のせいだと思って……ふっ、んぅっ！」

アルスの指が、くちくちと陰茎の先端を扱いてくる。

やわらかな布越しに亀頭をいじられる感触は、初めて体験する快楽で、足の指がきゅうっと丸まる。だが、そんなことでは快楽を逃すことはできず、目尻からぽろぽろと涙がこぼれ始めた。

「ぁっ……アルス、頼む、これ以上されると、おれ、イっちゃうから……！　服、汚したくないから、ちょっと待っ……ひぁっ⁉」

ぐすぐすと泣きながらアルスに懇願する。

なのに、なぜかよりいっそう陰茎を扱く手つきが強まった。

「アルスっ……ぁ、やだっ、ちょっと待ってって……ふぁ、あァっ！」

「おや、声を抑えなくていいのか？　誰かに聞かれるかもしれんぞ？」

「っ〜〜〜ッ！　アルス、お前っ……！」

あまりにも意地の悪い言い方に、思わずキッと涙目で睨みつける。

アルスはくっと喉の奥で愉《たの》しげな笑いを漏らすと、再び胸の上に唇を這《は》わせてきた。そして、前歯でがじがじと甘噛みし始める。

「ひぁっ、ぁ、やだっ。だめっ、それ、本当にイっちゃうから、アルスっ……！」

「イっていいぞ。貴様のいやらしい姿をおれに見せてみろ」

ズボンをますます押し上げている陰茎に、アルスの長い指が這《は》う。とうとう、アルスの指はズボンの中にすべり込んで、陰茎を直接扱いてきた。

とぷりと溢《あふ》れた先走りを指ですくうと、それを潤滑剤にして、いっそう激しくアルスの指が動く。

それと同時に、アルスの唇で乳首をちゅうちゅうと吸われ、かと思えば膨らんだ乳輪に舌を這《は》わされる。

「ぁっ、やだっ、だめっ……ん、ふぁっ！」

「強情な奴だな。我慢せずに、さっさと快楽に身をゆだねればいいものを……」

不満げな言葉とは裏腹に、アルスはにやにやとした笑みを浮かべている。

おれの陰茎を愛撫する指先も止まらず、指の腹でぬるぬると亀頭をいじられたかと思えば、今度は裏筋をごりごりと扱かれる。

「ふっ……ぅ！」

じりじりと炙《あぶ》られるような快楽に、唇を噛み、ぎゅっと目をつぶって、なんとか必死に射精をしまいと耐える。

だが――アルスが不意に、舌を這《は》わせていた乳首に歯を立てた。

そして、そのまま押し潰すように、ぐぐっと力を込めて噛んでくる。

突如として与えられた決定的な快楽に、必死で耐えていたものが一気に決壊した。

「ぁっ、あァッ、あああ、あァっ……！」

目の前で星が弾ける。

ぐぐっと背中を丸めて、アルスにしがみつきながら、おれはとうとう下着の中に白濁液を吐き出してしまった。

「ッ、はっ……」

射精の快楽に頭がぼうっとなる。

身体から力が抜け、思わずアルスの頭に自分の額を預けるようにしてもたれかかると、一瞬だけ、彼の身体が強張った。

撥《は》ねのけられるかとも思ったが、アルスは振り払おうとはしなかった。

それどころか、おれが膝から落ちないように、身体を支え直してくれる。

「……はぁ……アルス、これ、どうするんだよ。股間、めちゃくちゃ気持ち悪いんだけど……」

ようやく普通に呼吸ができるようになったところで、おれは身体を起こして、恥ずかしさをごまかすように、ぶつくさと文句を言った。

とはいえ、吐き出した精液のせいで、下着が濡れてすごく気持ち悪いのは本当だ。

幸い、服までは染みていないようだけれど……

「……クリーン」

アルスが片手をおれの股間に当てた。

そして、呪文を呟くと同時に、ぐっしょりと濡れていた下着や下半身が一気に乾く。

アルスの汚れた指もきれいになったようだ。

「おおっ……！　すごい、今のが前に言っていたクリーンの魔法か？」

「ああ」

「すごく便利だな。ありがとう、アルス」

アルスのせいで汚れたのにお礼を言うのは変な気もしたけれど、一応言っておく。

すると、アルスが唇を弧の形にしておれを見つめた。

「俺としては、汚れた下着のまま貴様を人前に出すのも一興だと思ったのだがな……まぁ、それは今度にとっておくか」

「……じょ、冗談だよな？」

「さぁ、どうだろうな。……今度は、俺の精液をここに入れたまま、人前に出てみるか？」

そう言って、指でおれの下腹部をつつーっとなぞってくる。

愉《たの》しげな笑みを浮かべるアルスに、おれは顔を引き攣《つ》らせた。

えーっと……う、うん！　きっとアルスなりの冗談に違いない！　そう思っておこう！

自分にそう言い聞かせていた、その時だった。

「……………？」

ふと、遠くのほうで、なにかが破裂するような音が聞こえた気がした。

「今のって……」

かすかな音だったが、例えるなら……まるで、爆発音のようだった。

気のせいかとも思ったが、おれの下でアルスが身体を固くする。

「——レン、下ろすぞ」

「う、うん」

支えられながら、膝から下りる。

アルスはさっとソファから立ち上がり、足早に扉に向かった。

おれもはだけたシャツの前を閉じながら、アルスを追いかける。

爆発音——嫌でも、ここ連日起きていた王都での放火事件が想起されてしまう。

「——アルス、今の音って……！」

「貴様はここで待機していろ」

アルスの言葉に、おれは首を横に振った。

なにかが起こっているのなら、一人でじっと待つなんてできない。

おれなんかでも役に立てることがあるはずだ。

「おれも行くよ。ここは袋小路みたいになっているから、仮に危険が迫っても逃げ場がないだろ。だったら、アルスのそばにいたほうが安全だと思うし」

おれも役に立ちたい、なんて正直に言うと、なんとなくアルスに反対されそうな空気を感じたので、納得してくれそうな理由を告げる。

とはいえ、実際問題としてアルスのそば以上に安全な場所もない。

「……分かった。俺から離れるなよ」

アルスは少し考えたあと、おれの言葉に納得したらしい。一緒に来ることを許してくれた。

二人で廊下を駆け足で進み、玉座の間に続く扉を開く。

その先に広がっていた光景は――

「なっ……!?」

「――これは……」

目の前の光景に、ぎょっとして立ちすくむ。

先ほどまで、荘厳で神聖な気配に満ちていた玉座の間――

それが今では、あちこちで炎が上がり、もうもうと黒い煙が立ち込めている。

煙のせいですべてを見ることはできないが、きらびやかな玉座は見る影もなくバラバラになっていた。その背後の緞帳《どんちょう》にも火が燃え移り、緞帳《どんちょう》に描かれていたリスティリア王国の国章も灰に変わり始めている。

しかも、黒い煙越しに、あちらこちらに人が倒れているのも見える。中には、血を流してぐったりしている人もいた。

アルスも、目の前の光景にさすがに言葉を失ったようだったが、すぐに我に返り行動に移った。

「――ウォーターボール！」

アルスが呪文を唱えると、おれたちの正面に、バスケットボールほどの大きさの水の球が出現した。

水の球は、ふわりと浮き上がる。

五メートルほどの高さに上ったところで、その水の球を中心として、さあさあと小雨が玉座の間に降り始めた。

その雨を受けて、あちらこちらに上がっていた炎が少しずつ鎮火していく。

ほっと息をついたところで、おれは、少し離れたところに倒れている二人の人物に気がついた。

今まで黒煙で見えなかったが――大理石の床にぐったりと倒れているのは、バルトルトとエルミさんだった。

「バルトルト！　エルミさん！」

慌てて二人に駆け寄る。

アルスも二人に気がついたらしく、おれと共に駆け寄った。

「二人とも……なんてひどい……」

二人とも、身体は黒く汚れ、服はぼろぼろで、あちこちから血が滲《にじ》んでいた。火傷《やけど》をおっているところもある。

アルスは二人の横に屈みこむと、掌をかざして再び呪文を唱えた。

「――ヒール」

呪文と共に、淡い緑色の光が二人の身体の上に降り注ぐ。

緑色の光が触れると、二人の傷はみるみるうちに癒《い》えていった。

その様子に、ほっと息を吐く。

「う……」

エルミさんがうっすらと目を開いた。

バルトルトはいまだに意識を失ったままだが、その呼吸は穏やかになっている。

「エルミ、一体なにが起きた？」

アルスは彼女を抱き起こし、顔を覗き込んだ。

だが、エルミさんはいまだに意識がハッキリしないようだ。視線をさ迷わせたあと、ゆっくりと唇を開いて、たどたどしく話し始めた。

「……昼休憩が終わった者たちがここに戻ってきたのですが……戻った者のうちの何名かが、突然、なにか黒いものを投げて……止めようとしたのですが間に合わず、その黒い物体が爆発を起こしました……申し訳ございません、アルス様……」

「いい、大丈夫だ。もう一つ聞きたい、エルミ。この騒ぎを起こした奴らは……普人族だったか？」

「…………」

エルミさんは少し迷ったあと、首を横に振った。

「いえ……遠目から見ただけですが、彼らのなかに普人族は一人もいませんでした。おそらくは、我々と同じ……」

「……そうか」

悲痛な表情を浮かべるエルミさんに、アルスは重々しく頷いた。

二人を横目で見ながら、眠ったままのバルトルトを抱き起こそうとした時だった。ふと、反対側の壁際のところで、何名かがこちらを指さしてなにかを言い合っているのに気がついた。

あっと思った時には、一人が弓に矢をつがえ、放つ。

今からアルスに言っても間に合わない――！

「っ……！」

考えるよりも先に、おれは射線上に飛び出した。

「っ、レン!?」

――衝撃によって、おれは後ろに吹っ飛ばされる。

アルスが驚愕した表情でこちらを見ていた。

矢が突き刺さったのは、おれの左肩だった。幸いなことに、肩に刺さった矢が貫通することはなかったので、背後にいたアルスたちは無事だ。

「ぐっ……ぁ」

燃え上がるような痛みと衝撃に、床に突っ伏したまま起き上がれない。

こらえようと思っても涙が滲《にじ》む。

「レン！」

矢が刺さったおれの左肩を見て、アルスはなにが起こったのか、すぐに理解したようだ。

「馬鹿な――俺を庇《かば》ったのか？　なぜだ？　なぜ、貴様が俺を……！」

おれの傍らにアルスが膝をつき、慌てたように肩に手を触れてきた。

だが、触れられただけでかなりの痛みがあったため、思わず身をよじってアルスの手をさけてしまう。

すると、アルスは身体を硬直させ、愕然《がくぜん》とした表情になった。

まるで、傷ついた子どもみたいだった。

「……っ、アルス……？」

その顔には、見覚えがあった。

おれがアルスに別れを告げた日――そう、子どもの頃のアルスに「お前みたいな足手まといはうんざりなんだよ」と、心ない言葉を投げつけた時に、彼が浮かべていた表情とまったく同じだった。

「――アルス様！　レン様のお怪我は私が治療します。アルス様は、早く彼らを追ってくださいませ！」

見つめ合うおれたちが我に返ることができたのは、エルミさんのおかげだった。

アルスはハッとした表情になると、おれから視線を逸らして、矢を射かけた者たちのほうへ顔を向ける。

彼ら――三人組はこの場から逃れようと大扉に向かって駆け出していた。

「――エルミ！　レンを任せたぞ！」

そう告げた直後、アルスの姿が掻き消えた。

次の瞬間には、もうアルスは三人組の目の前に移動していた。

慌てる三人組に対し、アルスは腕を伸ばして一人の首を鷲掴《わしづか》みにすると、そのまま床にたたきつける。

それは弓矢でアルスを狙い、結果としておれの左肩を射った男だった。

その男がアルスにやられている間に、残りの二人はほうほうの体で大扉の外へ出る。

床にたたきつけられた男が意識を失ったのを確認したあと、アルスの姿が再び掻き消えた。どうやら逃げた二人を追って外に出たようだ。

「レン様、こちらに腕を……」

声をかけられて、おれはエルミさんに向き直った。

彼女の掌から、先ほどのアルスと同様に緑色の光が降り注ぐ。

光が左肩に触れると、みるみるうちに痛みが引いていた。

傷が治るのと同時に、突き刺さっていた矢は自動的に抜けた。

「ありがとうございます、エルミさん……」

エルミさんの手を借りて、なんとか立ち上がる。見ると、まだバルトルトは目を覚ましていなかった。

バルトルトを抱き起こしながら、おれはエルミさんに向き直った。

「バルトルトを隣の部屋で寝かせてきます。ここはまだ危険かもしれないから」

「お願いします。私は外の様子を見てきます。かなり大きな爆発音がしたはずなのに、兵士が一人も来ないので外でもなにかあったのかもしれません」

「分かりました。どうか気をつけてください」

エルミさんはおれに一礼すると、背中にある蝙蝠《こうもり》の羽をふわりと広げた。

そして、そのまますべるように宙を飛んでいく。

「エルミさん、空が飛べたのか……っていけない！　早いところ、バルトルトを安全なところに連れていかないとな」

バルトルトを抱き直すと、おれは先ほどまでアルスといた部屋へと移動した。

バルトルトをソファに寝かせ、おれの上着を身体にかけておく。

「それにしても、一体どうして……」

この王城には見回りの兵士たちだってたくさんいるのに、どうしてこんなことが起きたんだろう。

さっきのアルスとエルミさんの会話では、玉座の間をめちゃくちゃにしたのは普人族ではなかったってことだよな。

二人とも、口ごもっていたけれど——普人族じゃなければ、魔族や獣人族が犯人ってことだ。

「なんでなんだ？　こんなこと、『リスティリア王国戦記』では起きなかったのに……放火事件と同じ犯人なのか？　でも、どうして……」

厳重に守られている王城でこのような騒ぎを起こせる者たち——そう考えると、おのずと犯人は、革命軍に属している人物に絞られてしまう。

でも、どうして革命軍の人が、こんな事件を起こすんだ？

せっかく革命が成功して、悪い王族や貴族はいなくなって、異種族が手を取り合って暮らせる平和な国になったのに——

悔しくて、ぎゅっと拳を握りしめる。

その時だった。

おれたちがいる部屋の扉が、乱暴な音を立てて開かれた。

そこにいたのは、二人の男だった。

二人とも、浅黒い肌と頭の上に生えている角からして、魔族だろう。

外見は二十代後半に見えるが、魔族は長命な種族のため、もしかすると見かけどおりの年齢ではないかもしれない。

彼らは、先ほど玉座の間にいた兵士と同じく、銀色の鎧を身につけていた。

しかし——

「おお——あなたがレン様ですね！」

二人は恭《うやうや》しい仕草で一礼をすると、おれに手を差し伸べてきた。

「私たちはアルス様の使いで来た者です。アルス様に、あなた様を安全な場所にお連れするようにと命じられました。すぐに来ていただけませんでしょうか」

男たちは、じっとおれを見ながらそう言った。

その眼光はいやにギラギラしている。まるでこちらを値踏みするような視線だった。

「アルスに言われて……？」

「はい。アルス様は賊を追っているため、私たちが遣わされました」

「……メイドのペロコさんはどうしたんだ？」

「ペロコは今は兵士を呼びに行っており、ここに来ることができなかったのです。理由はあとで説明します。事は一刻を争います、お早く！」

おれは一歩後ろに下がった。

……しまったなー。

この部屋の出入り口は一か所で、その扉はアイツらの後ろにある。窓は、はるか高みにある明かりとりのものだけだ。

これが、嘘から出た実《まこと》ってやつだろうか。

さっき、アルスに「ここは袋小路みたいになっているから、仮に危険が迫っても逃げ場がない」って話したばかりだけれど……それがまさか、こんな形で自分に返ってくる羽目になるとは。

「……お前たちはアルスの使いじゃないな？」

「なに？」

「さっきの爆発現場にいたにしては、お前らは服も鎧も汚れてない」

おれの言葉に、二人の顔が険しくなる。

「それと、いつもおれのところに来るのはサキュバス族のエルミさんだ。ペロコっていうのは、おれがデタラメで言った名前だよ」

おれがネタバラシをすると、男たちは忌々《いまいま》しげに顔を歪めて「チッ」と舌打ちをした。

「分かってるんなら話は早いな。オレたちと来てもらおうか」

「大人しくしていたら、痛いことはしないぜ」

「っ……」

――どうしよう。

大声で誰かを呼んでも、きっと助けは来ない。

先ほどこの部屋にいた時、爆発音はおれにもアルスにもかすかにしか聞こえなかった。

なら、おれの声なんてどこにも届かないだろう。

この二人の隙をついて逃げようにも――おれの後ろには、いまだに気を失ったままのバルトルトがいる。

彼を置いて一人で逃げることはできない。

二人を相手にして、彼を抱えて逃げるのも難しいし……！

どうすればいいのかと視線をさ迷わせた時――一人の男が一気に距離を詰めてきた。

そして、おれをとらえようと手を伸ばしてくる。

なんとかその手から逃れようとしたが、男のほうが素早かった。おれが逃げようとするやいなや、男はおれの鳩尾《みぞおち》に膝を叩き込んだ。

「～～～っ、ぐッ……！」

「普人族風情が……大人しくしてろ！」

思わず床に蹲《うずくま》ったおれに、激高した男が怒声を上げ――

ガツン、と脳天に衝撃を受けて、あっけなく、おれは意識を失ったのだった。

10

――アルスと再会してから、昔のことをよく夢に見るようになった。

……過去のおれは、村外れの牢屋に幽閉されている子どもの存在を知って、ここがあの『リスティリア王国戦記』の世界だと気がついた。

そして――この村がいずれ、魔王アルスの復讐により滅ぼされるということにも、気がついた。

そこでおれは、自分と村の破滅の運命を退《しりぞ》けるため、まずは幽閉されているアルスとコミュニケーションをとることを試みた。

アルスに木苺を届けた次の日には、家からこっそりくすねた子ども服を、さらにその次の日にはパンや干し肉なんかをちょびっとずつ持っていった。

だが、貧しい農村なので、食料の管理はどこも厳重だ。

おれが貯蔵棚からわずかな干し肉をくすねたことは、すぐに叔母さんにバレてしまった。なんとか「お腹が減ったので盗み食いをした」という言い訳で納得してもらえたが、頬が真っ赤になるくらいに叔母さんにビンタされ、その日は一日メシ抜きだったので、かなりひもじい思いをした。

「……その頬、どうしたんだ？」

「ああ、これ？　ちょっと、転んじゃって」

「……転んでそうはならないだろう」

でも、真っ赤になった頬を見て、アルスがそうやって話しかけてくれたから、ちょっと嬉しかった。

アルスが自分から話をしてくれたのが嬉しくて、この時ばかりは、ひもじさも痛みも全部忘れられたほどだった。

「今日は食べ物を持ってこられなくてごめんな？　でも、きれいな花が畑の隅に咲いてたから持ってきたんだ」

「……俺は、飯は食わなくても生きていけるからいい」

「そんなこと言うなよ。ちゃんと食べないと大きくなれないぞ？」

おれが差し出した小さな白い花を、アルスはじっと見つめていたものの、少しの間を置いてからそっと受け取った。

「……なぁ」

「ん？」

「お前の名前……レン、でいいのか」

「っ!!　うん、うん！　レンって呼んで」

「…………レン」

牢にはめ込まれた木の格子に密着するぐらい近寄って、アルスにこくこくと頷いてみせる。

アルスはおれの勢いにぎょっとしたように身を引きかけたものの、しばらくして、もう一度だけ小さな声で「……レン」とおれの名前を呼んでくれた。

やっとアルスがおれの名前を呼んでくれた。そのことがただひたすらに嬉しくて、自然と笑顔になる。相変わらず、アルスは無表情のままだけれど……でもいつか、このまま仲良くなれば、彼が笑顔を見せてくれる日も来るだろうか。

……願わくは、このままアルスが誰も殺さず、そして、魔王になんてならなくて済むようにしたい。

最初は、この村が滅ぼされないようにするためにアルスを救おうとしていたけれど……この頃になると、義務感からではなく、おれがただそうしたいと思うようになっていた。

――『リスティリア王国戦記』で魔王アルスの過去が語られるのは、物語の終盤だ。

まず、リスティリア王国の奴隷階級であった普人族の少年に、女神からのお告げが下されたことで、物語は動き出す。

「勇者よ。千年氷山《せんねんひょうざん》に封じられた聖剣を手に入れ、魔王アルスを討ち取れ」という女神のお告げに従い、主人公は獣人族やエルフ、ドワーフ、竜族、妖精などの様々な種族と手を取り合い、幾多《いくた》もの苦難を乗り越えることとなる。

冒険の中で、勇者は傷つき、何度もくじけそうになるが、それでも仲間に助けられて千年氷山にたどり着き、聖剣を手に入れることに成功。

あとはその聖剣を持って王都へと帰還し、魔王アルスを討ち取るだけ――というところで、主人公一行は偶然、魔王アルスの過去を知ることとなる。

ある日突然、村人全員が殺された寒村。

その村には、いまだに成仏できない村人の亡霊が住んでいた。その亡霊退治を依頼された主人公一行は、そこで哀れな少年の話を知ることとなる。

普人族と魔族の間に偶然生まれた子どもの話だ。

彼は、生まれつき大きな魔力を持っていたが、まだ幼かったために自身の魔力をコントロールしきれず、暴走させてしまった。

その結果、少年は、自分の母親と、隣近所の村人たちを殺してしまったのである。

生き残った村人は、自分たちの命を守るために少年を処分しようとする。

しかし、村人の力では、強力な魔力を持つ子どもを殺すことはできなかった。

仕方がなく、村外れの牢屋に子どもを閉じこめたものの、子どもは餓死すらせず、牢屋の中でどんどん育ってしまう。

そして、村人がその少年の存在をもてあまし始めた頃——村の若者数人が、面白半分で牢屋を訪れるようになった。

その頃には、少年はやせ細った身体ながらも、端整な顔立ちに育っていた。その子どもを見て——若者たちはこう言ったそうだ。

『かつて、この子どもが魔力を暴走させて村に被害を出したそうだが、とても信じられないな』

『どうせ、村のじいさんばあさんは、大げさに言ってるんだろう』

『なぁ、このガキ、ちょっと可愛い顔してんじゃねェか』

『この牢屋でどうせヒマしてんなら、オレらでちょっと遊んでやるか。なァ？』

そう言って、牢屋の鍵を開けて、若者数人は中に入り――子どもは、なにがなんだか分からないまま、若者たちに弄《もてあそ》ばれ――

そして、溜まっていた憎悪と恨みを爆発させ、再び魔力を暴走させてしまった。

今度の魔力の暴走はとてつもなく大きく、瞬《またた》く間に、村の半分が蒸発した。

村のもう半分に住んでいた住民は、牢屋から出た子どもが、直接殺しに行った。

その時に少年は「もっと早くにこうすればよかった」と笑っていたという。

――廃村での亡霊退治を終えた勇者一行は、その後も、王都への道をたどりながら、運命に導かれるように魔王の遍歴を知っていくこととなる。

そして、名前すらなかった子どもが、自分が殺した普人族たちの怨嗟《えんさ》と呪いで魔力を変質させ、魂すら憎悪に支配され、最終的に今の魔王へと姿を変えたことを知った。

そのため勇者一行は、魔王が自身と周囲の憎悪と怨嗟《えんさ》をエネルギーにしていることを逆手にとった戦法をとることにした。

その結果――見事、主人公一行は戦いに勝利する。

しかし――主人公の心の中には、ぽつりと、白い布に滲《にじ》んだシミのようなものが残った。

勇者もまた、奴隷階級の身分だったがゆえに、魔王の苦悩と憎悪が痛いほど分かったのだ。

魔王と勇者の境遇は、似たようなものだった。

生まれてすぐに牢屋に幽閉された魔王と、生まれてすぐに奴隷に落とされた。

二人とも、自分ではどうにもならない理由で虐《しいた》げられ、疎《うと》まれ、愛されなかった。

『それでも――僕は、彼とは決定的に違うことがある』

それは仲間の存在だった。

勇者には魔王と違い、かけがえのない仲間がいた。

魔王を打ち倒し、王都奪還に成功した主人公は、エピローグで仲間たちと手を取り合い、このリスティリア王国を良きものにしていくことを、戦いで犠牲になった人々の墓と、名もなき墓――おそらく魔王の墓――に誓い、そこで物語は終わるのだ。

「…………」

ぐっと拳を握りしめる。

アルスを魔王になんてさせないし、勇者に殺させもしない。

そのためには、まずはアルスがこの村から脱出することが必要だ。アルスがこの村から逃げてくれれば、おれも村人も死ななくて済むし、アルスだって復讐に走らないはず。

そのためには――

「なぁ、アルス。魔法の練習をしてみないか？」

「魔法？」

おれの提案に、アルスはいぶかしげな表情になった。

「その……村の人に聞いたんだ。昔、アルスが魔力を制御できずに暴走させて……それで、その、アルスのお母さんや村の人たちが死んじゃったっていう話……」

「…………」

おれの言葉に、アルスは表情を硬くし、身をこわばらせた。

しばしの沈黙のあと、その小さな唇がそっと開かれる。

「……そうだ。俺は、自分の魔力を暴走させて……その結果、自分の母親を殺した。だから、その罰でここに閉じ込められている」

そう言って、アルスはくるりと背を向けた。

「これで分かっただろう。もう二度とここへは来るな。俺に関わったらお前も死――」

「ちょ、ちょっと待って！」

格子の隙間から腕を伸ばし、牢屋の奥に行ってしまいそうなアルスの服をぎゅっと掴む。

「ご、ごめん！　おれの切り出し方が悪かった！　えーっと……別に、おれはアルスがやったことを責めるつもりはないんだよ」

アルスは奇妙なものを見るような顔で首をかしげた。

「責めるつもりはない……だと？　なにを言っている」

「だって、アルスは、やろうと思って魔力を暴走させたわけじゃないんだろ？」

「やろうと思ったわけではないからといって、責任がなくなるわけではないだろ。それですべての罪が許されていたら、社会が立ちいかなくなるんじゃないか？」

「こ、子どものくせに難しいことを言うなぁ……」

なんだかやけに大人びた発言をする。

あ、でも、魔族は人間よりも三倍くらい長命の種族だから、アルスも外見年齢よりももうちょっと年上の可能性もあるのか？

「……まぁ、確かにアルスがやったことは、生半可に許されることじゃないとは思うよ」

「………………」

「でもさ、アルスはもう、自分の犯した罪を償い終わったと思うんだよ。こんなところにずっと閉じ込められて、誰にも名前を呼ばれないで、一人ぼっちで……」

あ、いけない。考えたらまた涙が出てきた。

アルスの服を掴んでいるのとは反対の手で、ごしごしと自分の目元をぬぐう。

「罪を、償い終わった……？」

アルスはといえば、目を丸くしておれを見つめていた。

考えたこともなかった、と言わんばかりの表情だ。

「そうだよ。確かに、さっきのアルスの言葉ももっともだけれどさ、それを差し引いても、アルスはもう自分の犯した罪に対する罰は受け切ったと思うんだよ」

「……それは……そんな風に思うことは……許されるのか？」

戸惑いに満ちた金の瞳が、おれを不安げに見つめる。

それは、初めて見るアルスの年相応の表情だった。

「うん、もうアルスは、自分のことを許してあげていいんだよ。アルスがおれにずっと『ここへ来るな』って言ってたのもさ、もう、誰かを殺したくないからだろ？」

「…………」

おれはアルスの服を手繰り寄せ、彼の指に触れた。

びくりと金の瞳が揺れる。

「アルスがそう思ってるなら、大丈夫だって信じてる。で……さっきの話に戻るんだけどさ！　だから、魔法の使い方を練習してみないか？　魔法が使いこなせるようになれば、魔力の暴走だってしなくなるはずだからな！」

「……魔法……」

アルスはいまだに困惑している様子だったが、おれの手を振り払おうとはしなかった。

逆に、そっとおれの指を握り返してくる。

「……でも、魔法なんて……お前は普人族で、魔力はないだろ？　それなのに、俺に魔法を教えられるのか？　なんでそんなことを知っているんだ？」

「んー？　まぁ、それは今はナイショ。まぁ、おれも教えられるのは基礎くらいで、あんまり難しい魔法は教えられないよ」

えへへ、と笑ってごまかす。

アルスは不思議そうな顔のまま、再び唇を開いた。

だが、聞かれたのは、魔法に関することではなかった。

「……一つだけ、教えてくれ。なんで、お前は俺にここまでするんだ？　俺は母親殺しで、お前に返せるものなんかなにもないのに。なんで……」

そこで、アルスは言葉に詰まったようだった。

おれは少し迷ったあと、その指をそっと握り返し、優しく答えた。

「難しい理由なんてない。ただ、アルスのことがほっとけなかったんだ。それだけだよ」

11

――懐かしい夢を見ていた。

「……う……」

ぱちぱちと瞬《まばた》きをする。

頭が霞《かすみ》がかったようにぼーっとしている。だが、意識がハッキリしてくるにつれ、次第に後頭部がずきずきと痛みを訴えかけてきた。

痛む頭に手をやろうと思ったものの、しかし、手が持ち上がらない。

どうやらうつ伏せの体勢で眠っていたようで、手を下敷きにしていたため、すっかりしびれてしまったらしい。

おれは身じろぎをしようとして――そして、両手がロープで縛られていることに気がついた。

「……っ!?」

瞬間、ぼんやりしていた頭が一気に覚醒した。

そうだ。確か……建国祭のリハーサルで、おれとアルスが玉座の間にいなかった時に、爆発が起きて……気を失ったバルトルトと別室にいたら、部屋に男たちが入ってきたんだ。

で、カマをかけてみたら案の定、男はアルスの使いでもなんでもなかった。

なんとか捕まらないようにしようと思ったものの、男のほうが上手《うわて》で……おれは、あっという間に昏倒《こんとう》させられてしまったんだっけ。

しかし、ここはどこなんだ？

あたりを見回すと、どうやら王城ではないようだった。

埃っぽくて、薄暗い。乱雑に置かれた木箱や酒樽の山、一般家庭よりも高い天井の造りからして、古い倉庫のように見える。使われなくなって久しいのだろう、倉庫の隅や天井には蜘蛛《くも》が何か所も巣を作っている。窓からうっすら差し込むオレンジ色の光に、舞った埃がきらきらとしていた。

「あの光の感じからして……いまは夕方なのかな。一体、どれくらい気を失っていたんだろう」

そして、おれはそんな倉庫の柱に、ロープで足首を繋がれているようだった。

両手首は同じロープで前に縛られている。試しに足をひっぱったり、手首のロープを歯でほどこうと試みたが、びくともしなかった。

「木箱の尖ってる部分にひっかけて切れないかな……」

きょろきょろと周りを見るも、手が届きそうな位置には木箱も道具も置かれていなかった。おれをここに縛り付けた奴がそこまで考えていたのだとしたら、ずいぶん用意周到なことだ。

「そもそも、おれはなんで攫《さら》われたんだ？」

考えられるのは……アルスに対して人質目的でおれを攫《さら》った、ってことか？

いや、でもそれならおれじゃなくて、エルミさんやバルトルトのほうが効果がある気がする。

しかし……おれがアルスの人質になりえるかどうかはともかくとして、そもそも、なぜ犯人たちは建国祭の前日に行動を起こしたんだろうか？

確か……あの部屋に来たのは、魔族の男たちだった。

ここ最近起きていた王都での連続放火事件と、王城の爆破事件はやはり同じ犯人によるものなのだろうか？

しかし、理由が分からない。

このリスティリア王国で普人族がアルスに反乱を起こすのならまだ分かるんだが……同じ魔族である彼らがどうしてそんな真似をするんだ？

しかも、玉座の間にやすやすと入ることができたのだから、彼らはアルスの部下——革命軍の一員のはずだ。

「もしかして、革命軍に扮装した部外者って可能性もあるのか？　いや、でも、部外者が紛れていればリハーサルの時に気づきそうなものだしな……」

おれが悶々《もんもん》と考えていると、遠くのほうからこの倉庫に向かって歩いてくる足音が聞こえてきた。何人かが連れ立ってやってきたようで、がやがやとしたざわめきが近づいてくる。

おれは慌てて床に横になると、気を失っている演技をすることにした。

「……っ、……か、だろう……！」

「そんなことを言ってももう遅い！　もう後戻りはできねぇよ！」

「それでも性急すぎる、なぜ待てなかった！　今のこの状況で、解放者であるアルス様に弓引くような真似をしても、魔族も獣人族も我々についてこないぞ！」

倉庫に入ってきたのは、十名ほどの男たちだった。

みんな、角や羽、あるいは獣の耳や尻尾を持つ、魔族や獣人族の特徴のある者たちだ。

どうやら玉座の間の爆破事件は満場一致での実行だったわけではないようだ。彼らは小さな声ながらも、激しい言い合いをしつつ倉庫の中央部に来た。

「けどよ、このタイミングじゃなきゃ、もうどうにもならなかったろ！　アルス様は、それぞれの種族から代表を選出して要職に据えると表明するつもりらしいじゃねぇか！」

一番激しく声を上げているのは、おれを攫《さら》ってきた、角の生えた魔族の男だった。

彼の言葉に、おれは心中でめちゃくちゃ驚いた。

それぞれの種族から代表を選出して、国の要職に据える——つまりそれは、普人族、魔族、獣人族の代表が国を動かすってことか？

アルスがそんなことをやろうとしていたとは、知らなかった……

ちょっと感動しているおれとは正反対に、男の憎悪まじりの怒声はますます激しくなる。

「普人族なんかが要職につくなんて、オレには耐えられねェ！　せっかく革命が成功したってのによ、それじゃあ元の木阿弥《もくあみ》じゃねぇか！」

「そうはいっても、こんな暴力的な方法で建国祭を中止させても、どうしようもないだろう！」

激しい言い合いは永遠に続くように思えたが、これでは埒《らち》が明かないと周囲も感じ始めたのだろう。周りにいた魔族は、爆破事件の首謀者と思われる男——おれを攫《さら》ってきた、角の生えた魔族の男に味方し始めた。

「オレはダズーに賛成だ。アルス様の統治方法には納得できねェし、やるなら今日しかなかった」

「テメェだって、普人族への復讐心がないわけじゃねェだろ？　だから、オレらに加わったんじゃねぇか」

周囲に宥められて、言い合いはいったんおさまったようだ。だが、もう一方の男は苦々しい表情で首を横に振っていた。

「だが……今の段階では大義のない戦いになるぞ」

薄目を開けて周囲の様子を窺《うかが》っていたおれは、もう一度目を閉じて、気を失っているフリを続けた。

……なるほど。

彼らは、革命軍に所属しているが、リスティリア王国の現状に不満を持っている者たちの集まりらしい。

彼らは話をしながらこちらに近づいてきた。

おれを攫《さら》ってきた、角の生えた魔族の男――ダズーという人物もその中にいる。おれはばくばくとうるさい心臓を宥めるように、ゆっくりと呼吸をしながら気絶しているフリを続ける。

「ハッ。大義名分がなんだっていうんだ。オレはな……物心ついてからずっと奴隷で、一つ上のアニキもボロボロになるまで働かされてとうとう死んじまったんだぜ。全部、オレたちを奴隷としてこき使ってた普人族のせいだ」

「………」

その言葉に共感する部分があるのだろう、皆が憎悪をたたえた表情で押し黙った。

ダズーは暗い笑みを浮かべて、とうとうと言葉を続ける。

「オレが革命軍に入ったのは、普人族に復讐ができると思ったからだ！　オレたちを奴隷に貶《おとし》めた普人族どもを、今度はオレたちが奴隷として使役してやる番だと思ってたのによ……！　アルス様は『貧しい暮らしを強いられていた下々の民までにその咎《とが》を求めるべきではない』なんて綺麗事をおっしゃる。だから、こうしてオレらは立ち上がったんじゃねーか！」

「だが、しかし……」

……話を聞くに、彼らはかつて普人族の王族や貴族に奴隷として虐《しいた》げられていた者たちらしい。

そうだよな……思えば、おれははじめから知っていたじゃないか。

漫画『リスティリア王国戦記』では——魔王アルスがリスティリア王国を占拠したあと、そこに住んでいた普人族たちを逆に奴隷に貶《おとし》めるのだ。

つまりは、革命軍の中に「自分たちを奴隷としていた普人族を、今度は逆に奴隷にすること」に賛成した者が、多数いたということだ。

元奴隷であった魔族や獣人族のうち、現在のアルスのやり方に反感を持っている者たちが集まって行動を起こした結果が、昨今の連続放火事件——ひいては今回の爆破事件というわけだ。

と、そんなことを考えていると、不意に男たちの一人がおれに近寄ってきたのに気がついた。

熊のような耳が頭に生えているから、獣人族の男だろう。

慌てて目をしっかりとつぶり直す。それと同じタイミングで、獣人族の男がおれの顔を覗き込んだ。そして――

「つ、がッ――！　ゲホッ、ゴホッ!!」

「ああ、悪い悪い。起きてたのか。寝てるかと思ったから、思いっきり蹴っちまったよ」

「ッ……！」

眠ったフリに気がついていたのだろう。獣人族の男の一人が、おれの鳩尾《みぞおち》をつま先で蹴り飛ばしてきたのだ。おれはたまらず咳き込み、丸まって腹を抱える。

くそ、かなり痛い。口の中に血の味がする。

「おい！　そいつは大事な交渉材料なんだから。傷をつけるなよ」

おれを蹴り飛ばした獣人族の男に、ダズーが声をかける。

「分かってるって。にしても……へェ、けっこう可愛い顔してんじゃん」

獣人族の男はこたえた様子もなく、ヘラヘラと笑っておれの顔を覗き込んできた。男は光のない、濁った色の目をしている。どことなく自暴自棄な雰囲気のそいつに、おれは思わず身体を引く。

「怯えてんの？　ますますいいねェ」

「……おい。マジでいい加減にしろよ」

「大丈夫だって。ある程度痛めつけておいたほうが、逃げる気もなくなるだろ？　それに、攫《さら》われた先で乱暴されたなんて、ご主人様に報告できやしねェよ」

男の手が、おれの着ているシャツに伸びる。

乱暴にシャツを引っ張られて、前を留めていたボタンがいくつか飛んでしまった。

くそっ！　この儀礼服、ぜったい高いやつなのに！

周りにいた人たちも男を止めようとはせず、肩をすくめ、見ないフリをし始めた。唯一、ダズーと呼ばれた男だけがこちらを見ていたものの、結局、視線を逸らす。

――まずい。この状況は、非常にまずい。

「ッ、おい、離せ……ッ！」

「黙ってろよ、普人族風情が」

なんとか縛られた手で、服を剥《は》ぎ取ろうとする相手をとどめようとするものの、大した抵抗にはならなかった。元々、獣人族と普人族では力の差が大きすぎるのだ。だが、ここで大人しくヤられるのは絶対に嫌だ。

そんなおれの抵抗むなしく、男はおれのシャツのボタンをほとんど引きちぎり、下腹部を掌でまさぐってくる。

「ひっ……！」

ごつごつして、節くれだった手が這《は》い回る感触に、ぞわッと背筋が粟立つ。

くそっ、気持ち悪い……！

アルスにはこんな気持ちを覚えたことはなかったのに、この男に触られるのはとても嫌だ。触られたところから鳥肌が立つようだ。

「くそ、離せって……！　う、っぐッ!?」

「黙れって言ってンだろ！」

大声を出した瞬間——衝撃と共に、目の前が真っ赤になった。

男に左の頬を殴られたと気づいたのは、一拍遅れてからだった。先ほど昏倒《こんとう》させられた時の影響も残っているため、頭がくらくらする。

目眩《めまい》がひどく、まるでグラグラする床の上に立っているようだ。しかも、まずいことに左の視界がぼやけてしまい、あまり見えない。

右目には眼帯をつけているし、そもそもそちらの視力はすっかり失われているため、実質ほとんどなにも見えていない状態だった。

「分かったたか、暴れるから痛い目にあうんだぜ？　どうせ普人族じゃオレらにゃかなわねぇんだ。大人しく足を開きな」

男の手がおれの下腹部をまさぐりながら、もう片方の手でズボンを剥《は》ぎ取ろうとする。

恐怖と嫌悪感にぎゅっと目をつぶる。

「っ……ぅ」

「へへッ、涙目になって可愛いねェ。興奮して、すげぇ熱くなってきたわ」

——確かに、男の言うとおり、身体がじりじりと熱い。おれはこの状況にはまったく興奮していないから、今の殴られた衝撃で、身体の温度調節機能がおかしくなったのだろうか。

「……待て。なにか変だ」

「オレも熱い。というか、この倉庫全体が熱くないか？」

「あれ、お前らもか？　俺の気のせいかと思ってたんだが……」

おれの耳に、少し離れたところにいる男たちの声が響く。

どうも、熱いと感じているのはおれたちだけではないようだ。

「──ッ、しまった！　まずい、さっさとこの倉庫から逃げッ……！」

突然、男のうちの一人が叫んだ。

だが、その言葉は最後まで言い切られることはなかった。

男の言葉とほぼ時を同じくして、倉庫の南側の壁──そこが爆発したからだ。

──轟音《ごうおん》。

それは爆発というよりも、融解《ゆうかい》と言ったほうが正しいかもしれない。

倉庫の南側の壁がいきなり大きな音を立てて、溶けるように崩れ落ちていったのだ。おそらく壁が急激に熱をもったせいで、倉庫内も熱くなったのだろう。いきなり壁の一部が崩れたせいか、倉庫全体に大きな振動が走り、おれが繋がれている柱もグラグラと大きく揺れる。

それに伴い、天井からパラパラと埃や小さな木片が降ってくる。おれにのしかかっていた男は慌てて身を引き、仲間のもとへと駆け寄った。

「な、なんだ⁉　なにが起きたッ⁉」

「おい、あれを見ろ！　あの方はッ……！」

崩れた壁の向こう──そこには、おれのよく知る人物が立っていた。

思わず、小さな声で名前を呼ぶ。

この轟音《ごうおん》の中ではその声は届かなかったはずなのに、金色の瞳がすっとおれを捉えた。

視線がかち合う。

アルスの視線が、おれの身体に移動した。そういえば、先ほどの男に剥《む》かれて、シャツがはだけて胸元や腹があらわになったままだ。

――そして、再び轟音《ごうおん》が倉庫を襲った。

「――だれ一人として逃がすな」

「ハッ‼」

アルスの背後に付き従っていた武装兵たちが、倉庫の中に駆け込んでくる。

反乱分子の男たちは慌てて逃げようとし、倉庫の入り口に向かったものの、そこにも兵が控えていたようだ。一気に兵たちが倉庫内になだれ込んできて、男たちはあっという間に挟み撃ちにされる。

「レン様！」

聞き慣れた声に顔を向けると、そこにはバルトルトがいた。

「バルトルト！」

彼は、先ほどまで着ていた儀礼服でも、いつものかっちりとした執事服でもなく、動きやすい格好の上に革鎧をまとい、腰には短いサイズの魔杖と短剣を携《たずさ》えていた。

バルトルトはこちらに駆け寄り、腰から短剣を取ると、それでおれの手足のロープを切った。

そして次に、魔杖をかざしておれに回復魔法をかけてくれる。緑色の燐光《りんこう》が降り注ぐと、身体の痛みが徐々に引いていった。

「ありがとう、バルトルト……」

「いいえ。助けに来るのが遅くなってしまって、申し訳ありません」

「そんなことないさ。こんなに早く来てくれるとは思わなかった」

というか、本当によかった。

あと少し助けが遅かったら、あの男になにをされていたのか……あまり考えたくはないな。

「にしても、よくここが分かったな」

「不幸中の幸いでした。アルス様がレン様に探知魔法をかけていたので、そのおかげですぐに分かりました。魔法陣の埋め込みに時間がかかる面倒な魔法ではありますが、アルス様のご慧眼《けいがん》はさすがという他ありません」

「……探知魔法？」

あの、バルトルトさん？

アルスをべた褒めしている最中に悪いんだけど、今、なんて言った？

「えーっと。それってどういう魔法？」

「はい。その者がどこにいるか、というのを追跡する魔法ですね。そういった魔術式をレン様にかけているとのことでしたが……あ、誤解なさらないでくださいね！」

「誤解？」

「アルス様はレン様がご自分のもとから離れていくのを恐れて、探知魔法をかけたのだと思います。まさか革命軍に所属する者が、今回このような事件を起こすとは、僕らも予想外で……。まさか連日の事件が同胞の手によるものだとは思いもしませんでした」

「ごめん、バルトルト。おれが聞きたいのはそこじゃなくてさ……えっと、なに？　そのＧＰＳのような魔法が、常時おれにかかってるってコト？」

「申し訳ありません、僕はそのじーぴーえす、というものを寡聞《かぶん》にして存じ上げないのですが……もしかしてレン様は、探知魔法のことはご存じなかったのですか？」

全然ご存じじゃありませんでしたよ！

しかもさっき、魔法陣を埋め込むって言ってなかった!?

つまり、おれが眠っている間にでも、アルスが探知魔法とやらをかけたってことなのか？　おれに無断でやるなよ！　まぁ、その魔法のおかげで今回は助かったわけだけどさ!?

それとこれとは明らかに別問題……！

「――ぐうウッ!!」

バルトルトとの話に気を取られていたところに、男のひび割れた呻きが一際大きく響いた。

慌てて振り返ると、そこでは先ほどのダズーという角のある魔族の男性と、アルスが対峙していた。

しかし、形勢はダズーがはるかに不利のようだ。ダズーはしっかりと前を見据えているものの、服は焼け焦げ、口からは血を流している。

そんなダズーを冷徹に見下ろし、アルスが口を開いた。

「――貴様があれを傷つけたのか？」

「……ッ、あんたが悪いんだ！　オレたちは普人族に復讐できると思ったから、あんたについてきたのに！　せっかくこの国を支配して、普人族どもに、オレたちが味わってきた屈辱をやり返せると思っていたのに……！」

ダズーが口から唾を飛ばしながら、アルスに訴えかける。

しかし、アルスはそれを一蹴した。

「そのような統治では永くは続かん。そもそも、俺のやり方に不満があるならなぜ、俺に直談判をしないのだ。俺の周囲の人間を傷つけ、側仕えを攫《さら》い、傷つけたのはなぜだ？」

「なぜって……」

「なんのことはない――貴様は、自分より弱い者を狙ったのだ。自分より強者である私ではなく。そのやり口は、貴様を奴隷としていたぶっていた奴らと同じではないのか？」

「そ……それは……」

アルスの言葉に、ダズーはハッとしたような顔になると、そのまま俯《うつむ》いてしまった。

おれのいる場所からは、ダズーがどんな顔をしているかは見えない。

「……もうよい、消えろ。目障りだ」

アルスはそう告げると、掌をダズーに向けてかざす。

その手の中に、明々と燃える炎球が出来上がる。小さい炎球ではあるが、それを食らえば、もはや生きながらえることはできないだろう。そう直感的に感じた。

ダズーもそれは肌で感じているだろうに、俯《うつむ》いたまま、逃げる様子は見せない。

おれは一瞬だけ逡巡したあと——その場を駆け出して、アルスの背中にしがみついた。

「アルス、だめだ！」

「レン……」

アルスが驚いたように目を見開き、おれを見つめる。

「なぜだ。こいつは貴様を傷つけたのだろう？」

「おれは大丈夫だ。もうバルトルトが治してくれたから……！」

「だが……」

「今はどうあれ、この人たちはかつてお前と志《こころざし》をともにして戦った仲間なんだろう？　それを今、アルスが殺すのはダメだ！　自分がやったことの責任をとらせるなら、司法の場でやるべきだろ？　アルスが殺すのはダメだ！」

おれの訴えに、アルスが険しい表情のまま押し黙る。

すると、おれに続いてやってきたバルトルトが加勢をしてくれた。

「アルス様、レン様のおっしゃるとおりです。彼らにはまだ聞きたいことがあります。他にも反乱者はいるのか、今回の王城への手引きは誰がおこなったのか……アルス様のお気持ちはよく分かりますが、ここはなんとか矛を収めてはいただけませんか？」

「……よかろう」

バルトルトに冷静に訴えかけられ、アルスもどうにか落ち着いてくれたようだ。

チッ、と小さな舌打ちこそしたものの、掌の上に浮かんだ炎球を消すと、そばにいた兵たちに

「この男を捕らえて牢へつれていけ」と告げる。

「な、なんで……」

その時、小さな声がした。

見ると、ダズーが目を見開き、信じられないものを見るようにおれを見ている。

「なんでお前、オレを庇《かば》って……？」

しかしすぐに兵たちがダズーの身体を取り押さえ、倉庫の外へと連れていってしまったので、おれはなにも答えることはできなかった。

……でも、それでよかったのかもしれない。

そう。おれは彼を庇《かば》ったわけじゃない。

ただ――アルスに、誰かを殺してほしくなくて。

自分の我儘《わがまま》のために、アルスを止めただけなんだから。

12

――その後、おれはバルトルトに付き添ってもらって、王城へと向かった。

倉庫から王城まで馬車に乗って戻ったせいか、自分が初めて王城を訪れた時のことをなんとなく思い出してしまった。

なお、アルスは一緒には来なかった。犯人たちへの尋問や、他の後始末があるそうだ。

「今回の事件の主犯はすべて捕らえましたが、念のため、部屋の外に信頼のおける護衛を配置します」

「ありがとう。ところで、バルトルトは怪我とかは？」

すっかりなじみになったアルスの私室に戻ると、おれはどさりとソファに座った。バルトルトも、向かいのソファに腰かける。

「僕は大丈夫です。エルミも、他の者も、怪我はすべてアルス様が回復魔法で治してくださいましたから」

その言葉にホッとする。

よかった、今回の事件による死傷者はいないみたいだ。

「それにしても……犯人が捕まったとはいえ、今回は大変だったな。明日の建国祭はどうなるんだ？　やっぱり延期とか？」

だが、おれの予想に反して、バルトルトは首を横に振った。

「いえ、建国祭は予定どおり、明日おこないますよ」

「え⁉　大丈夫なのか⁉」

驚くおれとは裏腹に、バルトルトは神妙な顔で話を続ける。

「今、リスティリア王国は微妙な時期なのです。建国祭を前にして、革命軍が分裂し、王城でこのような事件が起きたという話が広まれば、他国の者がそこに付け込んでこないとも限りません」

「じゃあ……もしかして、今回の爆破事件のことは？」

バルトルトはこくりと頷いた。

「はい。玉座の間にて起きた今回の爆破事件については、箝口令《かんこうれい》が敷かれております。被害にあった者たちと、後処理に携《たずさ》わった者たちしか知りません。王都の民や他国の者たちへは明朝、『建国祭を前に、連日、王都で放火事件を起こしていた一味を捕らえることに成功した』と報じるつもりです」

「なるほど……でも、まだ彼らの仲間が残ってるんじゃないか？　明日の建国祭に同様の騒ぎを起こさないとも限らないんじゃ……」

「いえ、今回、彼らが根城にしていた倉庫を押さえたことで、武器や爆発物はすべて押収することができましたから、その心配はいらないでしょう。それに、今回の主犯は、アルス様が精神支配系の魔法で強制的に自白をさせるでしょうし、すべての反乱者が捕らえられるのも時間の問題かと」

「……アルス、そんな魔法も使えるのか……」

ほんと、存在がチートだな。

こうして聞いてると、『リスティリア王国戦記』で、よく勇者はアルスに勝てたなと感心するよ。

「大変な事件ではありましたが……でも、逆に考えれば建国祭の前に憂《うれ》いがなくなってなによりでした。レン様も、今日はどうか早めにお眠りになってください。明日はとうとう建国祭ですからね」

「分かったよ。ただ、おれの服が……その、あいつらに捕まった時に派手に破られちゃって」

そう言って、自分の服を見せる。

すると、バルトルトが気づかわしげな表情を浮かべた。

「ああ、そうでしたね。明日は別の服を手配させていただきますから、ご安心ください」

「いいのか？　悪いな」

よかった。

……この服、さっきの獣人族の男にヤられかけた時に破かれたんだよな。

この服で明日の建国祭に出るのは、ちょっとモヤモヤしそうだったから、代わりの服が着られるならよかった。

部屋を出る際に、バルトルトは深々とおれに頭を下げた。

「アルス様を止めてくださって、ありがとうございました」

「え。いや、そんな……アルスを止めたのはおれじゃなくて、バルトルトじゃないか」

しかし、バルトルトは首を横に振った。

「レン様が制止してくださらなかったら、アルス様は止まらなかったでしょう。彼らを一人残らず殺していたに違いません……きっと、みんなの心にも動揺が広がってしまったはずです」

そして、遠いなにかを思い出すような表情を浮かべるバルトルト。

……もしかすると、過去に、同じような出来事があったのだろうか。

アルスのやり方に異を唱えた仲間を、アルスが罰して、そのまま――

「……僕は最初、アルス様があなたをそばに置きたがる理由がちっとも分かりませんでした」

バルトルトが、ぽつりと呟いた。

ハッとして彼の顔を見る。バルトルトは、苦笑いを浮かべておれを見つめ返す。

「でも……今回の出来事で分かりました」

「なにが？」

「僕ら魔族は……誰もが、アルス様の持っている強大な力に委縮してしまうのです。あの方と対等に話せる方は、革命軍に一人もおりません」

初めて聞く話に、目を丸くする。

そんなおれに構わず、バルトルトは言葉を続けた。

「いえ、魔族だけではありません。革命軍に所属する者は、獣人族でも普人族でも、あの方から滲《にじ》み出る強大な魔力とオーラにどうしても委縮してしまうのです。だから……あんな風に――真摯に、対等にアルス様に面と向かって発言できるのは、僕が見た限りでは、レン様が初めてです」

「おれが初めて……？」

え、ちょっと待てよ。

だって——おれとアルスは、八年ぶりに再会したんだぞ。

その八年の間に、アルスと対等に話をできる者は誰一人いなかったっていうのか？

それじゃあ、アルスは——あの村を出てから、今までずっと、対等な関係を築けた人は一人もいなかったってことか……？

「レン様は、不思議な方ですね」

バルトルトが、戸惑うおれをじっと見下ろした。

「魔法が使えるわけでも、剣の腕が立つわけでもないのに……それなのに、アルス様とあんな風に話ができるなんて」

「それは……」

「不遜《ふそん》かもしれませんが、僕はレン様が少し羨《うらや》ましいです」

そう言って微笑んだあとに、バルトルトはもう一度一礼してから部屋を出た。

一人残されたおれは、じっと考える。

……他の人たちがアルスに畏怖や恐怖を感じているなんて、初めて知った。

やっぱりそれは、アルスの持つ膨大な魔力に対する防衛反応のようなものなのだろう。

アルスは指先一つで、目の前の人物をたやすく殺すことができる力の持ち主だ。野生の熊に遭遇して平静でいられる人間がいないのと同じように——そんなアルスを前にして、大抵の人は、畏怖や恐怖を感じるのかもしれない。

そういえば――昔、少年だったアルスに初めて会った時にも「俺が怖くないのか」って聞かれたっけ。

あれはてっきり「母親殺しの俺が怖くないのか」って意味かと思っていたけれど、実はそれだけじゃなかったのか？

「……おれが恐怖を感じないのは……子どもの頃のアルスを知っているからかな」

そう呟いた直後、ふと、別の理由に思い当たった。

おれが他の人とは違う点――それは、おれが転生者であるということだ。

おれはこの世界のことを、前世で漫画として読んでいた。もしかして、そのことがアルスに対して恐怖を感じない理由なのか？

「……今まで、アルスはおれのことをどう思ってたんだろう」

他の人のように、アルスを怖がることなく、対等に話すおれを見て、アルスはなにを思ったんだろう。

確かに、おれ以外にアルスにタメ口でしゃべっている人を見たことがない。でも、アルスから敬語で話すようにと言われたこともなかった。

「アルスにとって……おれって、一体なんなんだろう」

八年ぶりに再会した時……アルスに激情をぶつけられた時。

アルスがそんなに激しい憎悪をおれに抱いているのなら、その思いを受け止めてやろうと思った。

たとえ、それで自分が破滅することになっても、それも仕方がないかと思っていた。

でも、今日のアルスは……殴られて、傷ついたおれを見て、本気で怒っていたようだった。

それだけじゃない。深く考えたことはなかったけれど、アルスはおれを抱いている最中……指で触れる時とか、キスをしてくる時、すごく優しく触れてくることがあるんだ。

けれど逆に、アルスからの執着を激しく感じる時もある。

ソファに座りながら、そんなことを悶々《もんもん》と考えていると、部屋の扉が開く音がした。

反射的にソファから立ち上がるのと同時に、扉を開けた人物が部屋に入ってくる。

「アルス――おかえり！」

「……ああ」

入ってきたのは、もちろんアルスだった。

アルスは、助けにきてくれた時と同じ服装のままだった。とはいえ、おれも儀礼服のまま着替えていないけれど。

「バルトルトから聞いて、もうちょっと遅くなるかと思ってた。早く帰ってこられてよかったよ」

アルスは小さく頷くと、放り投げるように上着を脱ぎ捨てる。床に落ちたそれを慌てて拾い、クローゼットの中にしまった。

さすがのアルスも、だいぶ疲れているようだ。

「尋問が終わり、残党も捕縛が完了した。あとは部下から報告を上がってくるのを待つだけだ」

「そうか……」

端的な説明だったが、事件はこれで収束したということだろう。

ほっと安堵の息をつく。

「……レン。まだ、どこか痛むところはあるか？」

アルスの着替えを手伝おうかと思ったが、それよりも早く、アルスがおれに手を伸ばしてきた。

そして、指で左の頬や頭、腹などをぺたぺたと触ってくる。

そこは全部、あの男たちに殴られた場所だった。バルトルトが治してくれたからもう痕《あと》は残っていないはずなのに、あの時どこに怪我があったのかを覚えていたのだろうか。すごい記憶力だ。

「大丈夫だよ。バルトルトが治してくれたから」

「少しでも痛むところや、怪我の痕《あと》が残りそうな場所があったら言え」

アルスがいたわるように、おれの身体に触れてくる。

……っ。こ、こういう触り方をされると本当に困る。

アルスがおれをどうしたいのかが分からないし……おれも、自分がどうしたいのか、分からなくなるんだ。

「――っあ」

――アルスが、おれの後頭部を掌で確かめるように触っていた時だった。

右目につけていた眼帯が、はらりと床に落ちた。

どうも、一連の事件の中で眼帯の紐がなにかにひっかかったのか、千切れる寸前の状態だったらしい。

さすがのアルスもこれは予想していなかったようで、驚いた顔をしている。

が、その表情がみるみる険しくなっていく。

おれはすぐさま右手で自分の片目を押さえ隠したものの、時はすでに遅く、アルスはそこをバッチリ見てしまったようだ。

「……おい、レン」

「っ、あー……ご、ごめん、アルス。眼帯の代わりに、包帯とかなにかないかな？」

「おい、その手をどけてみろ」

目を隠しているおれの手首を掴み、無理やりにそこからどけさせる。

「っ、アルス……！」

「貴様、その目はどうした？　確か、それは事故で失明したと言っていなかったか」

「じ、事故みたいなもんだって」

「嘘をつけ、これは明らかに剣の傷だろうが！」

アルスの怒鳴り声に、思わず肩が跳ねる。

先ほどの倉庫でダズーを殺しかけていたよりも、今のほうが何倍も怖いぐらいだ。目はつり上がり、おれを……というよりは、おれの右目を両断している傷を睨みつけている。

「……古い傷だな。この町に来てから負ったのか？」

アルスがおれの右の瞼《まぶた》をそっと指でなぞる。そこの下の眼球は白く濁っており、視力を完全に失っている。

「誰にされたのか言ってみろ、そいつを八つ裂きにしてやる」

「ア、アルス。違うんだって、本当に……」

アルスに掴まれた手首が痛い。けれど、おれの右の瞼《まぶた》に触れてくる指先は、壊れ物を扱うみたいに優しい。

……まただ。アルスは、どうして……

「……まだ俺はそんなに頼りないか？」

「えっ……」

一瞬、アルスがなにを言ったのか、理解できなかった。

「まだ俺は足手まといだと？　あの村にいた時と、同じように……」

「アルス……？」

アルスはまるで、苦痛に耐えるかのように言う。

言葉の意味は理解できる。だが、今の言葉は本当にアルスが言ったのか？　おれの耳がおかしくなったのか？

「今日、あの倉庫でレンを傷つけた男に対しても……貴様は俺に報復するように求めなかったな。なぜだ？」

「な、なんでって……」

「やり返すどころか、貴様はあいつを庇《かば》いさえした。あの頃と同じように、まだ俺には力がないと思っているのか？」

痛みに耐えきれない、といった表情のアルス。

アルスを傷つけられる奴なんかこの国にいないはずなのに、なぜそんな顔をするんだろう。

なんで、そんなに……おれに、すがるみたいなことを言うんだよ。

気がつけば、口の中がカラカラになっていた。ごくりと唾を呑み込み、なんとかアルスに告げる。

「ち、違うよ。あれはただ……アルスに、誰かを殺してほしくなかっただけだ」

しかし、アルスはおれの言葉に皮肉げな笑みを浮かべた。

「なにを今更。俺の手はとっくに血で汚れている。しかも最初は実の母親の血だ。貴様もよく知っているだろう？」

「……それは事実だけどさ。でも、アルスは誰かを殺すのが好きなわけじゃないだろ？」

「……まぁ、確かに、殺しを楽しむような趣味はない」

「そうだろう？　確かにさ……アルスは仲間と共に戦って、この国を支配しきるまで、何人もの人を殺《あや》めたかもしれない」

おれの言葉に、アルスはしかと頷いた。

「それはそうだ。必要なことだったからな」

「でもさ、今のリスティリア王国は平和な国じゃないか。前の王様が治めていた時よりも、ずっとずっといい国になっている。そして、ここを平和な国にしたのはアルスだ。そんな国の中で、アルスに誰かを殺してほしくないんだよ」

「……綺麗事だな」

「それでも、だ」

アルスをじっと見つめる。

おれは、アルスに力がないと思っているわけじゃない。というか、アルスの力の凄さを、この世で最初に理解したのはおれだ。

だからおれは、ただ、アルスに誰かを殺してほしくないだけなのだ。それはずっと昔から――あの村にいた時から思っていたことで、だからおれは今、ここにいるんだ。

アルスは、おれの言葉の意味をじっと考えているようだった。

しばらく沈黙が続いたが、思考がまとまったのか、アルスが静かに口を開いた。

「貴様を攫《さら》って傷つけた、あの男にやり返したいと思わないのか？」

アルスの言葉に、きょとんとするおれ。

その問いかけは予想外だった。

「えーっと……やり返す、かぁ。まあ、そういうのは別にいいよ。これからちゃんと裁かれるみたいだし」

「貴様が望むなら、極刑にしたってかまわないのだぞ」

「いや、本当にいいよ。おれもそりゃ、痛くて嫌な思いはしたけどさ。でも、死んでほしいと思うほどじゃないし。アルスが誰かを殺さないほうがずっといいよ」

「……なぜだ？」

アルスの疑問に、再びきょとんとしてしまう。

「いや、なぜって……」

「あの時、なぜ貴様は俺を庇《かば》ったのだ？　それに、なぜこの期に及んで俺を気遣うようなマネをするんだ」

おれの腕を引き、アルスが上から覗き込んできた。まるで、もう逃さないというように。

「ア、アルス？」

「貴様をこの王城に呼びつけた時から、ずっと不思議だった。かつて――貴様は俺を『足手まとい』だと言い放ち、置いていったな」

「それは……」

「だから、俺は……足手まといだといって置いていかれたのだから、俺が誰よりも強くなれば、またレンが俺のそばにいてくれるだろうと思って、ここまで来た」

「えっ⁉」

アルスの突然の告白に、目を白黒させてしまう。

ちょっと待って。い、色々とちょっと待って⁉

「強くなればって……」

「はじめは、奴隷の解放にも同族の存在にも興味はなかった。だが、貴様を捜し出すためには手足は多いほうがいいかと思ったのだ。だが、ある程度のやり甲斐はあったし、王という立場や部下を持つということは悪くない経験だったと思っている」

「そ、それはよかったな？」

混乱のあまり、わけの分からない相槌をうつ。

しかし、そんなおれに突っ込むこともなく、アルスは淡々と続けた。

「貴様をここに呼びつけた時……俺は、貴様に疎《うと》まれているか、もしくは俺のことなどもう忘れているものだと思っていた。だが、そのどれとも違い、貴様はおれにあの頃と同じような態度で、親しげに話しかけてきたな」

「…………」

「だから俺は激高したのだ。貴様はきっと、心の底では俺のことをずっと哀れなモノだと見下していたのだと。おそらく今もそう感じているのだろうと。だから、無理やり組み敷いて、その化けの皮を剥《は》がしてやれば、きっと貴様の本性が見られるに違いないと思った。そうして絶望した貴様を、俺の傍らに縛り付けられるならよし。俺が貴様の底の浅さに幻滅しても、それもそれでまたよしと思っていた」

「……だから最初、あんなに怒ったのか」

アルスの地雷を思いっきり踏み抜いてたんだな、おれ……

「だが、貴様は俺に無理やり抱かれても、俺が原因で誘拐されて暴力をふるわれても……あの頃と変わらずに俺に優しくし続ける。俺を庇《かば》いさえする。自分を傷つけた者に仕返しをすることより、俺が誰かを殺さないことのほうがいいことだ、とさえ言い放つ」

「アルス……」

「――一体、なぜだ？　レン、貴様は俺のことを本当はどう思っているんだ」

まるで、迷子になった子どもみたいな声だった。

その問いかけは、奇《く》しくも、おれがアルスに抱いていた問いとまったく同じものだった。

……いや、違うのか。

多分、最初はおれなんだ。あの時――アルスと離別した時に、アルスに嘘をついた。そこからアルスはずっとおれの気持ちを知りたかったんだろう。

そして、おれの気持ちを探り、考え続けるうちに、自分自身の気持ちが分からなくなってしまったに違いない。おれのことを好きなのか、それとも憎んでいるのか。置いていかれて傷ついた心と、おれに言われた『足手まとい』という言葉によって自分を責める思い。様々な後悔や執着心。そういったモノが入り混じって、とうとう決壊してしまったのが、今なのだろう。

「……ごめんな、アルス」

手を伸ばして、おれを覗き込むアルスの頬にそっと触れる。

おれの指が触れた瞬間、アルスが肩を揺らした。

「――おれも、アルスの気持ちが分からなかったけどさ。それなら、おれから自分の気持ちをちゃんと正直に伝えるべきだったんだな。お前を迷わせて悪かった」

「レン……？」

「少し、長い話になるかもだけど……聞いてくれるか？」

おれは意を決して、アルスに話すことに決めた。

昔の思い出――アルスとおれが別れることになった時の、思い出を。

13

——アルスに食べ物を与えて、算数や読み書きを教えて、おれの知りうる限りのこの世界での常識を教えた。

アルスはスポンジが水を吸うように驚くべきスピードでそれらの知識を吸収し……そしてとうとう、魔法が使えるようになった。洞窟《どうくつ》に閉じ込められているアルスのもとに足しげく通って、おおよそ二か月が経った頃だった。

魔法の使い方やコントロールは、おれが漫画の知識を元に教えた。使い方といっても、おれ自身は魔法はからっきしだから、漫画の中のキャラクターが使っていたやり方や、修行方法なんかを教えただけだけど。

もともと才能があったのだろう。アルスは魔力のコントロール方法を瞬《また》く間に習得し、簡単な魔法は苦もなく使えるようになった。

アルスが初めて成功した魔法は、手の中に小さな炎の球を生み出すものだった。

掌の上でゆらゆら揺らめくオレンジ色の炎は、とてもきれいだった。

この結果におれは小躍りするぐらい喜んだ。だって、漫画『リスティリア王国戦記』のアルスが魔法を使えるようになったのは、二度目の魔力暴走を引き起こして村を壊滅させたあとなのだ。

よかった。運命は変わったんだ。

これでもう、アルスはこの牢屋から出ていくことができる。この村から逃げることができるのだ。

アルスは人殺しなんかしなくて済むのだ。

だが、そんなおれの予想とは裏腹に、アルスは自分自身で檻を壊そうとはしなかった。そもそも、檻の外に出ていこうともしなかった。

炎の魔法で檻を壊すことも、もしくは転移魔法で檻の外に出ることも、今のアルスにはとても簡単なことなのに。

それとなく聞いたところ、どうもアルスには「この牢屋の外に出る」という発想自体がないことが判明した。

物心ついてからずっと牢屋の中で、時々顔を見に来る村人には『忌み子《いご》』と呼ばれて疎《うと》まれ、

「母親殺しのお前は、一生外に出るべきではない。外に出ればまた新たな犠牲者を増やすだろう」

なんて言われ続けてきたのだ。

アルスの心はもう、「外に出る」なんてことを考えもしなかったのだ。

……だから。アルスが外に出るなら、誰かが背中を押してやらなければ、その手を引いてやらなければいけない。

しかし――おれは、なかなか踏ん切りがつかなかった。

アルスが村の外に出れば、遅かれ早かれ、村人たちは気がつくだろう。

その時におれが村にいなければ、村人たちは、おれがアルスの脱走を手引きしたのだとすぐに気

づく。そうすると、その咎《とが》は叔父さん一家が負うことになる。

きっと、村八分《むらはちぶ》は免《まぬが》れないだろう。

「おれ一人ならなんとでもなるけれど……叔父さんたちに迷惑はかけられない。一体、どうしたらいいんだろう……」

叔母にとっては、おれは厄介者で、穀潰《ごくつぶ》しの可愛くない子どもだ。

でも、おれと唯一血の繋がりのある叔父さんは、おれが風邪をひいて寝込んだ時なんかは、夜遅くまで看病してくれた。

叔母さんだって、おれを冷遇してはいるものの、おれの前世では、血が繋がった子どもにさえ虐待をする親がたくさんいたのだ。そんな彼らに比べると、こんな日々の食料にも欠く貧しい農村で、おれの面倒を見てくれているのだから優しいといえなくもない。

時に悲しい思いをしたこともあるが、それでも「叔父一家がどうなってもいい」と思うことはできなかった。

「……けど、おれが残ったら、絶対にリンチだろうなぁ」

村には村のルールがある。

たとえば、村の共用のロバの世話を当番が怠《おこた》った場合は、罰として作物を両隣の家に渡すとか、他人の畑から作物を盗んだりした場合は、指を一本切り落とすとか。

おれは子どもだから、情状酌量《じょうじょうしゃくりょう》の余地ぐらいはあるかもしれないけれど……それでも、なんらかの罰や苦役を負わされることは間違いない。最悪、奴隷商人に売り渡される可能性もある。

かといって、アルスだけを逃したところで、その気になって調べれば、おれがアルスと親しくしていたことはすぐに分かるだろう。

前世の記憶を思い出してから、おれはこの村の子どもとまったく馴染《なじ》めていない。というか、両親がいないおれは周囲の子どもからいじめられる対象だった。「あいつが怪しいんじゃないか」と槍玉《やりだま》に挙げられそうな人間ナンバーワンは、どう考えたっておれだ。

状況は、八方塞がりだった。

アルスのもとに向かってとぼとぼと歩くおれ。

自分の無計画っぷりにほとほと呆れながら洞窟《どうくつ》に入ると、不意に、人の声が響いてきた。アルスの声ではない、野太い男の声だ。

「このガキが？　本当にそうなのかよ？」

「どうせ、村のじいさんばあさんは、大げさに言ってるんだろう」

数人の男性の声に、慌てて洞窟《どうくつ》の岩の陰に隠れる。

そして、そっと顔だけを覗かせて声の方向を見た。

そこにいたのは、三人の男たちだった。

村の若衆でも特に力が強く、声の大きい三人組だ。おれ以外の村人が、アルスのところにやってくるなんて珍しい。一体、なんのつもりで来たんだ？

「にしても、へぇ……どんなに醜《みにく》いガキかと思ったら、意外ときれいな顔してんなァ」

男のうちの一番腕っぷしの強い青年が、アルスを格子越しにじろじろと覗き込む。

おれはハラハラして岩陰から見守る。アルスは我関せずといった感じで、体育座りのまま、男たちのほうを見ようともしない。

「可愛くねェガキだなぁ。もしかして言葉が通じてないのか？」

「魔族と人間のあいの子って聞きはしたが……ちゃんとオレらの言葉は分かってるはずだぞ」

「ふーん……。よっと！」

アルスがなんの反応も返さないのに業を煮やしたのか、男の一人が身をかがめ、足元にあった石を拾い上げた。

そして、掌にすっぽりと収まるくらいの大きさの石を振りかぶり——アルスに投げつける。

格子の隙間を弧を描いて通り抜けた石は、ガツンとアルスの頭にぶつかった。

「おっ、うまいな、お前！」

「すげぇ。村のじいさんたちが言ってたとおり、血が出ねェよ」

「よーし。じゃあ、オレもやってみっかな」

もう一人の男も石を拾い、ヘラヘラ笑いながら、同じように振りかぶろうとする。

——おれはもう、そこで我慢ができなくなってしまった。

「いい加減にしろ！」

アルスは魔力量が多いから怪我はすぐに治るし、そもそも傷がほとんどつかない。

けれど——あんなことをされて、なにも感じないわけじゃないんだ。

おれの声に、驚いたように三人組が振り返る。三人組の背後でアルスも驚いた表情に変わっていた。

しかし、三人組が固まったのも数秒のことだった。自分たちを怒鳴りつけたのがおれだと分かると、すぐにへらりとした顔に戻る。

「なんだ、驚かせんなよ。レンじゃねェか」

「お前、なに怒ってんの？」

「もうやめろよ、いい大人が子ども相手に暴力を振るうなんてみっともないぞ！」

「……ハァ？」

おれが食い下がると、三人組のうちの一人が額に青筋を浮かべた。

「ったく、ゴチャゴチャうるせェな。殴られてェのか？」

「別に殴ってもいいよ。それより、ここの牢屋には近づくなって村長さんから言われてるだろ。バレたら怒られるのはおれたち全員だし、石を投げつけたなんて知られたら、それどころじゃ済まないぞ」

「……チッ。こまっしゃくれたこと言いやがって」

男はアルスにかまうのはやめたらしい。

しかしマズいことに——標的をおれに変えたようだった。

「そんなに言うなら、レン。お前がオレらと遊んでくれるのか？」

「え……ッ、ぅぐっ!!」

男が問いかけると同時に、おれに足払いをしかけ、鳩尾《みぞおち》を殴りつけてきた。

油断していたおれは、男の攻撃をまともに受けてしまい、地面に倒れ込む。

「ッ……ゲホッ、ぐ……ッ」

次いで、肩口をがしりと男の一人に掴まれて、無理やり身体を起こされた。農作業で鍛えた腕力は凄まじく、指が肩に食い込む。肩の骨がみしりと音を立てた気さえした。

「ッぃ、いたっ……！」

「お前も親なしだもんなァ。顔の一つや二つ、腫《は》らして帰っても、どうせ誰も気にかけねェだろ」

「なッ……！」

男の言葉に慌てる。取り巻き二人も薄笑いを浮かべており、彼を止める気はないようだった。どうにか男の手を振りほどこうとするも、全然ビクともしない。

予想外の事態に、おれが顔を青ざめさせた時だった。

「――その手を離せ」

おれを引きずって連れていこうとした男たちの足を止めたのは、玲瓏《れいろう》とした声だった。

……思わず、今の状況も忘れて、その凛《りん》とした声に聞き惚れてしまう。

言わずもがな、それはアルスの声だった。

アルスの声は、まだ幼く、変声期前ながらも、ある種の威厳があった。男たちも足を止めて、牢屋にいるアルスをしげしげと見つめている。

「なんだよ、お前。声が出せるんじゃ……」

「――ファイアウォール」

男の言葉を遮《さえぎ》るように、アルスの声が響く。

同時に、アルスの前にあった、外界と牢を隔てていた格子――それが、突如出現した赤々とした火柱に包まれた。

「――は？」

三人組はぽかんと口を開けて、なにが起きたのか分からないといった表情になっている。

火柱が消え去ったそこには――もう、アルスを閉じ込めていた格子は跡形もなくなっていた。

「い、一体、なにが起きたんだ……？」

おれの肩を掴んだままの男が、呆然とアルスを見つめている。

しかし、この状況が呑み込めなかったのはおれも同じだった。おれもあっけにとられて、アルスのことを見つめてしまう。

「――サンドボール」

アルスが再び呪文を唱える。

今度はアルスの目の前に砂でできた球体が浮かんだ。その球体はしばらくアルスの前をぐるぐると飛んだかと思うと、おれたちのほうに向かってくる。

「って、えぇぇぇッ!?」

こちらに向かってきたサンドボールを見た男は、慌てておれを掴んでいた手を離し、背中を向けて脱兎《だっと》のごとく走り始めた。残った二人も慌ててあとを追う――が、サンドボールは三人組を追尾して飛んでいく。

血相を変えて逃げていく三人組の後ろ姿をぽかんと見ていたおれは、しばらくしてようやく我に返った。

「ア……アルス！」

「レン、大丈夫だったか？　怪我はないか？」

「お、おれはアルスのおかげで大丈夫。それよりも、お前、外に……」

「ああ。レンがあいつらに捕まえられたから、外に出たんだ。でも大丈夫だ。あの檻も修復魔法ですぐに直せるし、ちゃんとすぐに牢屋に戻る」

「戻るって……」

アルスの言葉に、愕然《がくぜん》としてしまう。

せっかく、自分の力で外に出られたのに？

なのに、おれを助けたから、もうそれで満足して……また、あんな檻の中に戻るのか？

村人たちから『忌み子《いご》』と呼ばれて、疎《うと》まれて。石を投げられて、侮蔑《ぶべつ》されて。

そんな檻の中に、アルスは戻ると言っている。

おれは……本当にそれでいいのか？

アルスがこのまま牢の中に戻るのを、ただ黙って見ているだけでいいのか？

「……いや、アルス。牢に戻ることなんてないよ」

「レン？」

アルスがきょとんと首を傾げた。おれは手を伸ばして、その小さな手をぎゅっと握りしめる。

「この村を出よう。アルスは、こんなところにいちゃダメなんだ」

アルスは、おれの言葉がよく分からなかったのか、当惑した顔でこちらを見つめていた。

しかし、しばらくしてから理解できたのか、それともおれの言葉にただ従っただけなのか――こくりと小さく頷いたのだった。

――そして、おれはアルスの手を取り、歩き始めた。

おれたちの住んでいる村の近くにある森。おれとアルスは、村や街道には向かわずに、森のさらに奥へと歩き続けた。

ただ、遠くへ。村から一歩でも遠くへ離れるため、歩き続けた。

「ふぅ……」

「レン、大丈夫、どうってことないよ」

「大丈夫か?」

そうは言ったものの、時間が経過するにつれて、おれの体力は限界に近づいていた。

しかもまずいことに、先ほど男に殴られて地面に倒れた際に足を痛めたようで、歩くたびにズキンズキンとした痛みがおれを襲う。

それでもアルスに対してなんとか笑みを見せて、森の奥へ奥へと歩き続ける。

アルスが最近できるようになった魔法は、先ほど使っていた炎系と土系の防御魔法と攻撃魔法。

そして、簡単な修復魔法と、まだ目に見える範囲しか移動できないが、転移魔法の四種だ。

ここで失敗したな、とおれが感じたのは、アルスに回復魔法を教えていないことだった。

アルスは魔力量の多さにより、どんな怪我を負っても自動的に回復する。しかも、もともとほとんど傷がつかないチートな体質なのである。

だからおれは、回復魔法以外の魔法を重点的に教えていたのだ。

それがここにきて、徒《あだ》となった。

おれが怪我をする状況はそもそも想定していなかった。そのおかげで、このざまだ。

「……色々、準備不足なんだよな」

アルスの先導で、獣道をひたすら歩く。

具体的な目的地があるわけでも、頼れる場所があるわけでもない。

それでも、あの牢を修復して、アルスに中に戻ってもらうという選択肢は選べなかった。

それに、先ほどは無我夢中で気がつかなかったが……あの三人組の男たちは、漫画『リスティリア王国戦記』の中で、アルスが魔王覚醒の第一歩を踏み出すきっかけとなった男たちだと思う。

あの男たちに乱暴されたことによって、アルスは魔法を暴走させるのである。

あの男たちは目を覚ましたあと、「アルスが魔法を使って自分たちを攻撃した」と村人たちに言って回るだろう。自分たちがアルスになにをしようとしていたかは言わずに。

それを聞いた村人たちは、今度こそなんとかしてアルスを殺そうとするかもしれない。

そんな事態になれば、アルスは漫画と同じ運命をたどってしまう可能性がある。魔法を使い、村人を殺そうとするかもしれないのだ。

もしかすると、それは正当防衛にあたるのかもしれないけれど……でも、おれはアルスに人を殺してほしくないのだ。

先ほどは魔法のトレーニングの甲斐あって、殺傷力の低い魔法で男たちを撃退してくれたが、次はどうなるか分からない。

……だから、ともかく歩き続けていた。

とはいえ、一応だが希望はある。

『リスティリア王国戦記』ではアルスは村を壊滅させたあと、憎悪を力に変えて人間を殺していった……という回想が語られている。『リスティリア王国戦記』どおりなら、子どもの足で歩ける範囲で、どこかたどり着ける場所――町なり村なりがあるはずだ。

「レン、少し休もう。こっちに座れそうな場所がある」

「うん。……ごめんな、アルス」

おれたちが歩いていた方向は、木々が鬱蒼《うっそう》と茂り、村を取り囲む林よりも大きな幹の樹木が増えてきていた。その中でも一際太さのある大木の根本に、二人で並んで腰を下ろす。

「レン、足はまだ痛いか？」

「うん……ちょっとだけ。でも、休んだらまた歩けるから平気だよ」

「……レンが前に言ってた回復魔法が、俺に使えればよかったのに」

アルスが唇をとがらせて言う様《さま》は、年相応で可愛らしい。思わず微笑み、アルスの頭をなでてお礼を言うと、アルスが猫みたいにそっと目を細めた。

「ん……そうだ、レン。ちょっとここに座っててくれ」

「え？　アルス、どこに行くんだ？」

しばらく猫っ毛の頭をなでていると、おもむろにアルスが立ち上がった。戸惑っているおれを安心させるように、アルスが頷く。

「さっき水の音が聞こえたんだ。川が流れてるのかもしれないから、ちょっと見てくる」

「あっ……おい、アルス！」

おれが止める間もなく、アルスは駆け出してしまった。

あとを追おうかとも思ったが、アルスの後ろ姿はあっという間に木々に隠れて、見えなくなる。

だ、大丈夫だろうか？　おれの怪我を気遣ってくれたんだろうが……アルスはちょっと座っただけで、ほとんど休んでないぞ。でも、先ほどから疲れた様子をまったく見せないしなぁ。もしかすると、体力値もチートなんだろうか。

「……情けないなぁ」

はぁ、とついたため息は、思った以上に重かった。

……おれはアルスを助けようと思っていたのに、実際には、おれがアルスに助けられてしまっている。これじゃあまったくあべこべだ。

そもそも、アルスは転移魔法だって使えるんだから、おれがいなければ連続して魔法を使って遠くに行けてるはずだよな……

今のアルスは自分一人しか転移できないから、使っていないわけだが。

体育座りで背中を大樹に預けてそんなことを考えている最中に――ふと、気づいてしまった。

……『リスティリア王国戦記』ではアルスは村を出たあと、次々に人間たちの住む村や町を襲って、人を殺し続けたと描かれていた。だが、アルスがどうやって村から村へ、町から町へ移動したかは描かれていなかった。

だからおれは、それを「子どもの足でも別の村や町へ行くことが可能」と解釈し、現在、こうして歩き続けているのだが……

もしかして、『リスティリア王国戦記』のアルスは転移魔法を使って移動をしたんじゃないのか？

村を壊滅させた時に、なんらかの要因で魔法をコントロールする術《すべ》を身につけて、転移魔法で移動した可能性はありえる。

ならば、その場合――今、おれと一緒にこうして歩いていることは悪手でしかないのでは？

いや、悪手といえば、おれがアルスと一緒にいること自体がそうなのだ。そもそも、アルス一人なら村から逃げるのはたやすいのである。

おれは、アルスの背中を押してやるために、アルスと一緒にここにいる。

――けれど、今度はそのおれがアルスの足を引っ張っている状況だった。

つまり、おれはアルスにとって足手まといなのだ。

「…………」

その思考にたどり着いたおれは、まるで、胸に鉛《なまり》を呑み込んだように重苦しい気分になった。

「……でも、おれは……」

そんなことを考えていたおれの耳に、人の声のようなものが聞こえた。

最初はアルスかと思ったが、方向が違う。おれはそっと身をかがめて、声がした方向を木々に隠れながら覗いた。

「……ッ！」

「……だ……、ッよく捜せ！」

「あのガキを逃したことがバレたら、村から追放だぞ！」

――あの三人組⁉

嘘だろ、もう村から追手がかかったのか⁉

村人たちがアルスを追いかけてくることは予想していたけれど、まさか、こんなに早く追手がかかるなんて……！

……いや、待てよ？　それならどうして他の村人は来ていないんだ？

それになんだか三人組の様子もおかしい。

「やっぱりレンも一緒についていってったみてェだな」

「なにを考えてんだか、あのバカ」

木の陰に隠れて様子を窺《うかが》ってみると、村から追手がかかったというわけではないらしい。

どうも、あの三人組が独断でおれたちを追ってきたみたいだ。

おそらくは、自分たちの失態によりアルスが逃げたことが村人たちにばれたら、お咎《とが》めがくると恐怖したのだろう。

アルスは村の大人たちにとっては『生きた災厄』扱いだ。それをみすみす牢屋から逃したのだと分かれば、厳重な処罰、または村からの追放は免《まぬが》れない。

おれは息をひそめて、三人組の様子を窺《うかが》った。三人組は別の方向を捜すことに決めたらしく、おれの潜んでいる大樹からは離れていった。

そのことに、おれは安堵する。

……だが、安心できるのも、今だけの話だ。

やはり、怪我をしているおれを伴っての逃避行は、子どもの足ということもあって、あまり大した距離は進んでいなかったようだ。男たちがこんなに早く追いついてきたのだ。このまま二人でいては、見つかるのも時間の問題だろう。

おれは今こそ、覚悟を決めなければいけない。

八方塞がりの状況だが、それでも選ばなくてはいけないのだ。

おれは痛みを堪えて、なんとか立ち上がった。そっと耳をそばだててみるも、もう三人組の声は聞こえない。どうやら、この場からは離れてくれたようだ。

すると、男たちがいたのとは逆の方向から、がさがさと茂みをかき分ける音がした。振り返ると、そこにいたのはアルスだった。

「――レン。近くに小川があったから、ひとまず今日はそこで休もう」

アルスは気づかわしげな表情でおれの腫《は》れた足を見つめ、ついで、おれの顔を見つめた。

おれを心の底から心配してくれている表情だった。

その純粋無垢な眼差しを見ていると、自分がこれから言おうとしている言葉に胸が痛んだ。だが、それでも言わなければいけないのだ。

「――アルス、おれは村に戻るよ。お前とはここでお別れだ」

はじめ、アルスはきょとんとした表情を浮かべていた。おれの告げた言葉の意味が、まるで分からないといった顔だった。

「……どういう意味だ、レン？」

困惑に満ちた表情で、アルスがすがるような視線をおれに向ける。

おれは木にもたれかかりながら、わざとそっけなくアルスに告げた。

「おれは、村に戻るって言ったんだ。アルスはずっとこのまま行けばいい。転移魔法で飛べば、お前一人ならすぐに遠くに行けるだろ？」

「な……なんで、いきなりそんなこと言うんだ？」

おずおずとアルスが手を伸ばしてくるのを、おれは片手で撥《は》ねのけた。

拒絶された手を見つめ、くしゃりと顔をゆがめるアルス。その表情に、ずきずきと胸が痛む。罪悪感に引き攣《つ》る顔を見られないように、アルスから顔を背けた。

「よく考えたら、お前に付き合っておれが村を出る理由もないだろ？　村を出るなら、アルス一人で出ればいい」

「レ……レンが戻るなら、俺も村に戻る。レンと一緒じゃなきゃ、俺はどこに行ったって……」

おれに近づこうと、一歩を踏み出したアルスに、おれは鋭く怒鳴った。

「ついてくるなよ！」

おれの怒鳴り声に、アルスがビクッと肩を揺らす。

しかし、アルスは泣かなかった。もしかすると、長い牢獄暮らしで泣き方すら分からなくなったのかもしれない。

でも、アルスが泣かなくてよかった。アルスが泣いてしまったら、おれの決意がにぶってしまっただろうから。

「もううんざりなんだよ、お前みたいな奴とかかわらなきゃよかった。足だって痛いしさ。もう嫌になったんだよ、だから村に帰るんだ」

おれはそう言って、アルスに背中を向けて村の方向へと歩き始める。

が、すぐさま背中にドン、となにかがぶつかってきた。

「ま、待って、レン！　レンが戻るなら俺も村に戻る！　村に戻って……あの男たちに、みんなに謝る。もう二度と外には出ないから……！」

えっ、いや、それはまずい！

おれの色々な決意やら苦労やらが水の泡になってしまう！

「ふ、二人で村に帰ったら、おれがアルスを連れ出したのがバレるだろ。そしたらおれは村のみんなから罰を受ける。アルスはすごい力があるから許されるかもしれないけど、おれは違う。親もいないし、アルスみたいな力もない」

「レン……」

「だから、お前はもう村に戻ってくるな。おれ一人で村に帰るから……それで、もうなにもなかったことにしたいんだよ。放せよ」

そう、違うんだ。

おれはアルスと違って弱い。

おれは、アルスの足手まといなんだ。

背中にくっついてくるアルスを、苦渋の思いで引き剥《は》がす。

アルスは抵抗しなかった。俯《うつむ》いたまま、力なくうなだれている。

「……レンは俺とのこと、なにもなかったことにしたいって……そう言うのか」

「そうだよ。考えたら、この足の怪我だってアルスのせいじゃないか。もう、お前みたいな足手まといはうんざりなんだよ」

「足手まとい……」

ぽつりと力なく呟くアルスは、最初に牢屋にいた時以上に頼りなく、小さく見えた。

本音を言えば、今すぐアルスを抱きしめて、今言ったことは全部嘘だって言ってしまいたかった。

でも、絶対にそうするわけにはいかない。

「――じゃあな、アルス。もう二度とおれに近づくなよ」

……ここまで言えば、もう、アルスは村に帰ってこようなんて思わないだろう。

もう二度と、おれに近づこうとはしないはずだ。

アルスはおれから投げつけられた言葉に愕然《がくぜん》とし、打ちのめされたように地面に座り込んだ。

その顔は泣いてはいないが、すがるべき場所をなくしてしまった迷子みたいな表情だった。

その表情に罪悪感を覚えながら――それでもおれは、なんとかアルスから顔を背けて、村の方向へと歩き始めたのだった。

……だが、そこで予想外のことが起きた。

アルスを置き去りにして、村に向かって歩き出したおれは、ある男とばったり出くわしてしまったのである。

「――よう。レンじゃねェか」

おれの帰路に立ち塞がったのは、先ほどの三人組のうちの一人、一番腕っぷしの強い男だった。

男は汗だくの身体で息を切らしつつ、手には農耕用の鎌をしかと握りしめている。

その状態でへらへらと笑いかけられるのは、もはや恐怖だった。

その鎌はどうしたのだろうか。いったん自宅に戻って取ってきたのか、それとも、どこかの畑から拝借してきたのだろうか。そして、その鎌を、一体どうするつもりだったのか――

にしても、しまったな。この三人組と鉢合わせしないように、彼らのいる方向を迂回《うかい》して森を進んだつもりだったのだが、どうも三人はバラバラに分かれておれたちを捜し始めたところだったようだ。そのため、運悪くおれの帰路とこいつの捜索範囲がばっちりとかち合ってしまったらしい。

「……なんだよ。おれ、村に帰るんだけど」

「あのガキはどこに行った？」

おれの言葉にかぶせるように聞いてきた男の目は、焦りと怒りのためか、若干血走っている。

これはマズいかもしれない。逃げようにも、まだ足がズキズキと痛むために、ろくに走ることもできない。

「知らない。おれ、途中で置いていかれたから」

「嘘つくんじゃねェよ！」

おれの言葉に、男は激高した。

「おい、レン。お前、嘘ついてもいいことはねぇぞ！　あの化物を逃したのは、お前も一緒なんだからな！」

顔を真っ赤にして、がなり立てる男。明らかにまずい傾向だ。

冷静な判断どころか、話し合いができるかさえ怪しい……！

「言いつけを破ってあそこに行って……あまつさえ、あの化物を逃したなんてことが知られてみろ！　このままだと、指や耳を落とされることになる……ッ！　レン、お前なんざ親なしなんだから、オレらよりひどいぞ！　村から追放されるか、奴隷商人に売られることになるぞ！　分かってンのか⁉」

口から唾を飛ばして、おれを怒鳴りつけてくる男。

あきらかに話し合いができる様子ではなかった。

だが、おれは思わず言ってしまった。

「アルスは……あの子は、化物なんかじゃない」

「化物だろうが！　あんな恐ろしい力で……もうすぐオレらは殺されるところだった！」

「そんなことない！　大体、どの口であの子を化物なんて言うんだ。子ども相手に石を遊び半分で投げつけて、自分のそんなおこないは棚に上げるのか！」

「ッ、このガキ……ッ！」

あ、まずい――

そう思った瞬間には、男は鎌を振り下ろしていた。

慌てて避けようとしたものの、挫《くじ》いた足のせいで避けきれず――結果、とてつもない激痛がおれの顔に走った。

「ッ、ぐ、ぅ……！」

「オ、オレが悪いんじゃない……！　お前が悪いんだからな！」

がらん、と音を立てて、男が握っていた鎌が地に落ちる。その切っ先は、ぬらりと生々しい血に濡れていた。

あまりの痛みに顔を押さえる。おれは立っていることができず、地面に膝をついた。そんなおれを見下ろして、男は血の気を失った顔でおれに怒鳴り続ける。

そこで不幸中の幸いか、一緒に森に入っていた二人が様子を見に戻ってきた。

「おい、さっきからなにを大騒ぎして……おい、どうした!?」

「な、なにしてんだよ！」

「ち……違う、オレは、オレがやったんじゃ……」

血相を変えた二人組に詰め寄られ、男の身体ががくがくと震え出す。

あまりの激痛と、だんだんと真っ赤に染まりゆく視界の中、おれは「この様子なら、三人がアルスを追っかけていくことはないかなぁ」なんてことを考えつつ——意識を手放したのだった。

14

「――まぁ、その。そんなわけなんだけど」

アルスと並んで腰かけ、語った昔話。

こうして言葉にすると、自分の行き当たりばったりな行動が、とてつもなく恥ずかしいな……

外見は子どもだったとはいえ、おれ、前世の年齢込みで考えたらいい年なはずなのに……

「その後は……三人組の二人が、おれを村に連れ帰ってくれて。まぁ、あの二人は元々、アルスのところにもリーダーの男につれられて行っただけで、あまり気乗りはしてなかったみたいなんだよ。で、おれは治療を受けてなんとか一命は取り留めたんだけど――この目は、その時に失明した」

瞼《まぶた》の上にうっすらと残る鎌の傷を、指でなぞってみる。

そういや、アルスはさっき「剣の傷」だって言ってたけど、ちょっとハズレだったな。まぁ、似たようなもんか。誰かに負わされた傷ってのは間違ってないし。

村に戻ってから――おれはちょっぴり、アルスが戻ってきたらどうしようかと心配していたけれど、アルスはついぞ戻ってこなかった。

そのことに、おれはホッとしていた。

おれは目の傷が原因で発熱し、一週間ほどベッドでうんうんとうなされていた。

そして、どうにか峠を越えたかと思いきや、今度は村の総会に被疑者として呼び出されたわけである。

おれが眠っていた一週間に、三人組は村人たちに事情聴取をされ、アルスにちょっかいをかけに行ったこと、そしてそれを止めたおれに暴力をふるおうとしたこと、その時にアルスが檻を壊して逃げ出してしまったこと――起きた出来事すべてを白状させられていた。

おれも大人しく、ありのままを大人たちに語った。

すでに三人組が事実を語っていたから、観念したというわけではない。最初から、おれはそうしようと思っていた。

だって、おれは別に悪いことをしたわけじゃない。

村の人たちは、アルスのことを母親殺しとか、忌《い》み子《ご》とかって呼び続けていたし、アルスの力とこの先のことを考えれば、実際にそうなのかもしれない。

でも……それでも友達になっていけない理由はないはずだ。

幸いなことに、おれが逃げも隠れもせず、また言い訳もせず、淡々と事実を述べて「どんな罰でも受けます」と言ったことが、村の大人たちの心証をよくしたらしい。それまでの三人組の醜態《しゅうたい》が、よっぽど見苦しかったのもあるかもしれない。

おれが言い訳もせずに大人しく裁きを受け入れる姿勢を見せたこと、そしておれの年齢などを踏まえて、村人たちはおれを村からの追放処分に留めた。

村人たちがアルスに抱いていた恐怖心を考えれば、そのアルスを逃したおれに対する処分としては、破格ともいえるものだった。

だが、村の大人たちは、心なしかホッとしたような表情を浮かべていた。多分、あの頃の大人たちは、アルスの存在を持て余していたのだ。殺すこともできず、だが、村の子どもとして受け入れるには危なっかしすぎる存在。その魔力は年々大きくなり、いつしかその牢屋を打ち破って出てくることが予想される――

だから、アルスが村を去り、どこへなりと消えてくれたことに対して、安堵していたのだと思う。

また、おれが男によって失明させられた右目のこともあった。片目を失ったことで「もう充分な罰は受けているだろう」と判断してくれたらしい。

なお、あの三人組は指を一本ずつ切り落とされる処分を受けたものの、村に留まることは許してもらえた。まぁ、それでもしばらくは針のむしろのような空気の中で過ごさなければいけなかっただろうが。

「おれが追放処分になったあと――叔父さんがこっそり、金と手紙を持たせてくれてさ。『王都にいる自分のいとこを頼れ』って。その後は、一年くらいかけて歩いて王都に向かったんだ。いや、二年だったかな……ここらへんの記憶、ちょっと曖昧《あいまい》でさ。でもさ、なんとか王都に到着したら、叔父さんのいとこが兵士として徴兵されてて王都にいなかったんだよ！　あれにはまいったなぁ……」

叔父さんが持たせてくれた路銀もつきていたし、本当にどうしようかと思った。

もう王都で物乞いでもやるしかないのかと思いつめていた時におれを拾ってくれたのが、あの宿屋の親父さんだ。あの人にはいつか恩を返したいものだけれど……

「………」

「えーっと……あの、アルス？　おれの話はこんなもん、なんだけど」

おれの思い出話を聞いたアルスは——愕然《がくぜん》としていた。

こんなにショックを受けているアルスを見るのは、昔も今も初めてかもしれない。まぁ、ちょっとは驚くかなぁと思っていたけど……そうか、こんなに驚くのか。

「……なぜ」

「うん？」

「なぜ……今まで、言わなかった」

かすれ気味に尋ねる声音は、子どもの頃のアルスを思い出させた。

おれは手を伸ばし、アルスの黒髪をそっと優しく梳《と》かしながら答える。

「けっきょく、おれはアルスになにもしてやれなかったからなぁ」

「なにも……なんて。俺は」

「一緒に逃げてやることもできなかったし、村を追放されたあとだって、アルスを捜しに行こうと思えば行けたかもしれないのに、やらなかった。アルスにひどいことを言ったのは事実だしさ。そんなおれが、今更こんなこと言ったたって、アルスの足かせになるだけだろ？」

「レン……」

「アルスの足手まといになるのは一度だけでいいと思って……ぅわっ⁉」

絹みたいな髪に指をすべらせていたら——アルスがすごい勢いでおれにかぶさってきた。勢いあまって、アルスの額とおれの額がゴチンと音を立ててぶつかったくらいだ。だが、チートな防御力を兼ね備えているアルスは顔をしかめることすらない。目の前に星が飛んでいるのは、おれだけのようだ。

「っ、め、めっちゃ痛いんだけど、アルス」

「レン、レン……！　やはり、俺にはお前だけだ。お前だけが、なんの見返りも必要とせず、こんな俺のそばにいてくれる……」

「ア、アルスっ、苦しい、そんなに抱きしめられると苦しい！」

「これからはもうどこにも行かせない。なにがあろうと、もう二度と、お前を手放すものか。そうだ、その目を切りつけた男は、三人組の男はどうしているのだ？　今ものうのうと生きているのなら、殺しに行こう。いや、俺がやはりあの時殺しておけばよかったんだな。すまなかった。ああ、しかしレンは俺が殺しをするのは好まないんだったな。なら、その目を治すのはどうだ？　お前が望むのなら、治療魔法で視力だって回復することもできるぞ」

ぎゅうぎゅうとおれを抱きしめてくるアルスの肩を、おれは必死でタップする。

このままだとマジで実が出る、実が！

「ちょ、ちょっと待て、アルス！」

「なんだ」

「その……おれたち、これでお互いへの誤解はとけたんだよな？　アルスがおれを側仕えとして召し抱えたのは、おれに対する復讐だったんだろ？」

「復讐もあった。だが、一番は貴様を俺のもとに縛り付けておくのが目的だ」

「……えっと、ちょっと待って」

なんだ？　なんか、話がおかしい路線に行っている気がする。

「誤解がとけたのなら、おれが側仕えとしてアルスに仕える理由はなくなったんだよな？」

おれがそう言った瞬間——部屋の空気が、一気に氷点下へと下がったような錯覚に襲われた。

え？　なにこの空気？

「誤解がとけたから、なんだというのだ？　俺がそんなことで貴様を手放すと思っているのか？」

「……アルス？」

「むしろ逆だ。誤解がとけたからこそ——あの時、俺が貴様と道を違えたことは誤りだと分かったのだぞ。その俺が、みすみす再び貴様を逃がすと——逃してもらえると思っているのか？」

あの……この冷え冷えとした空気、ものすごく覚えがあるんだけど。

具体的に言うと、アルスと再会した時の空気だ。おれが特大級の地雷を踏んだ時が、こんな空気だった。

「それがいまだ分かっていないのなら——少し、教え直してやる必要があるか」

アルスが金色の瞳を爛々《らんらん》と輝かせ、おれを見つめる。

その怖いぐらいにきれいで艶《あで》やかな微笑みは、とても魔王然としていた。

「ア、アルスっ……」

それから、おれはアルスに抱えられ、寝室へと連れていかれた。そして、ベッドに放り出されると、あっという間に服を脱がされる。

いや、脱がされたというか、もうほとんど破かれたといってもいいぐらいだな。それぐらい、アルスの手付きは性急で強引だった。

「っ、アルス、ちょっと待っ……！」

「言い訳はあとで聞いてやる」

「そ、そうじゃなくて、お前、多分なにか勘違いしてっ……んぅッ」

アルスを制止しようとするも、顎《あご》を掴まれ上向かされてキスされてしまい、それ以上の言葉は紡げなかった。アルスの舌が口内に入り込み、蹂躙《じゅうりん》するかのように舐め回す。顎《あご》の裏を舌先でくすぐられるように触れられ、背筋がぞくぞくと震えた。

そして、キスを続けたまま、アルスはおれの下腹部にするりと手をすべらせる。

最初は臍《へそ》の穴をくすぐるように触れていたが、徐々にゆっくりと掌が下りていく。

「んっ、ぷはっ……ア、ルスッ……」

ようやく唇を解放されたと思ったのもつかの間――アルスに、両足首をぐいと掴まれた。反動で背中がベッドにぼすんと落ちる。そのまま両足はアルスのそれぞれの肩に乗せられてしまった。

……おれは、服を着ていない、全裸なわけで。

それはつまり、おれの股間が必然的にアルスの目の前にあるということだ。おれは慌てて両手で股間を隠そうとしたものの、すげなくアルスに払われてしまう。

「っ、ア、アルス……この格好は、さすがに恥ずかしい……ッ」

「なぜだ？　今まで散々、俺の前で痴態をさらしてきただろう」

「別におれは今まで、好き好んでお前に醜態《しゅうたい》をさらしてきたわけじゃないぞ⁉」

「安心しろ、これからそうなる。そうなるように、俺が躾《しつ》けてやる」

アルスの返答は、安心できる要素が皆無だった。

だが、アルスはおれの抗議などどこ吹く風といった、涼しげな顔だ。いや、むしろ、おれが真っ赤になって抗議する様子を目を細めて愉《たの》しげに見つめてくる。

そしてその愉《たの》しげな顔のまま、おれの陰茎をペロリと舐め上げた。

「ひぁっ⁉」

「ここを誰かに舐められるのは初めてか？」

「あ、当たり前だろっ……」

「そうだろうな。部下の調査で、貴様はこの国で暮らしている間、肉体関係を持つような親しい者はいなかったと報告が来ている。だが、念のために聞いておく必要があると思ってな」

「そ、そんなことまで、調べさせてたのかよッ……ぁ、やッ……！」

陰茎の裏筋をアルスの分厚い舌で、下から上へとゆっくり舐め上げられる。腰の下あたりからくるびりびりとした刺激に、おれは我慢できなくなって、太ももでアルスの頭を挟んでしまった。だが、アルスは難なくおれの太ももを両手で鷲掴《わしづか》みにし、陰茎すべてを口の中に収めてしまう。

「ぅあッ……！　アルス、そんなの、だめッ……っあ、ァあァ！」

舌で亀頭を包むようにされる。ついで、先走りを吸い出すように鈴口を強めに吸われた。

そのすべての刺激に、おれは熱い吐息をこぼした。声を抑えようなんて考えにすら及ばない。

それに与えられるのは、直接的な刺激だけじゃない。アルスの形のいい赤い唇が、おれの陰茎を咥えている様《さま》は、とてつもなく背徳的だった。

じっと見つめていたからか、おれとアルスの視線がばちりとかち合った。

おれの顔を見たアルスが、にやりと、意地の悪そうな笑みをこぼす。

あっ、と思った時にはもう遅かった。

アルスはおれの陰茎を咥えたまま、今度はおれの後孔にゆっくりと指を埋めたのだ。日頃のアルスとの性交のせいか、そこは難なくアルスの指を食んでしまった。そのことにビックリしている間に、アルスの人さし指がつぷつぷと深くもぐりこんでしまう。

「っ、ぁあッ、だめっ、両方はきつすぎっ……！」

いやいやと首を振るも、アルスは止めてくれなかった。先端をじゅっと音を立てるほどに強く吸い、裏筋を舌先でなぞる。

後孔では、人さし指がぐるりと回転するように回されたり、広げるように内壁を指の腹で押されたりする。

そして、人さし指の爪先が、おれの弱いところをひっかいた。

その刺激に、おれがびくりと足を痙攣させた瞬間――アルスは狙ったように、そのやわらかい場所を指の腹でグリッと押し上げたのだ。同時に、咥えられていた亀頭に歯を立てられ、目の前にちかちかと火花が散った。

「ンあ、ァあああッ……‼」

——アルスの口の中に、おれはあっけなく精を放った。

おれが精を吐き出し終わった頃、アルスはゆっくりと後孔から人さし指を抜いた。おれの後孔は、それを惜しむようにアルスの指を締めつける。

「ふっ。秘薬と調教の成果が早くも出ているな。ずいぶんと敏感で、いやらしい身体になったものだ」

「っ、アルス……」

「それとも、もともと素質があったのかな、レン」

なおも愉《たの》しげにうっそりと微笑むアルス。

その顔が、ゆっくりと近づいてくる。

「——ぁ、アルス、それはだめッ……」

そして後孔に息がかかるほどの距離になり——後孔に唇を押し付けられ、アルスの真っ赤な舌がちゅくりと水音を立てて侵入してきた。

「ふぁッ⁉　……ひぅっ、っ、んあッ……！」

思わずアルスの頭を掴んで、そこからどうにか離そうとするも、アルスはびくともしなかった。

その間にも、アルスの舌は唾液を塗り込めるように、ちゅくちゅくとおれの後孔を嬲《なぶ》る。かと思えば、今度は後孔のふちを舌先でなぞるように丁寧に舐め、そしてまた舌が奥へ奥へと入り込み、内壁を嬲《なぶ》る。

「ぁ、ぁあァ……ッ！」

恥ずかしさと気持ちよさで、頭がおかしくなる。

気がつけば腰が浮いて、下腹部が揺れてしまっていた。

もう限界だった。

これ以上の快楽はないだろう――そう思っていたが、それが誤りだというのはすぐに思い知らされた。

アルスがぐちゅぐちゅとおれの後孔を舌で広げながら、片手をおれの陰茎に添え、真っ赤になっている亀頭を指の腹でさすってきたのである。

上限だと思っていた快楽の、さらに上を与えられ、おれは首をのけぞらせてシーツを掴んだ。だというのに、アルスはなにを考えているのか、陰茎の先端、鈴口に指をあてると――そこをほじるように、カリ、と爪先を立てた。

「――ァ、ぁあ、ぁあァあああッ！」

「ほう、潮吹きか。いいぞ、もっと出せ」

「ぁ、やだ、だめっ……ゃめッ、ひぁ、ぁあああァっ!!」

ぷしゃりと音を立てて、透明な液体が噴き上がった。

おれの制止は、むしろ着火剤になってしまったようで、アルスは容赦なくカリカリと陰茎の鈴口をひっかく。そのたびに、陰茎からはぷしゃぷしゃと透明な液体が噴き上がった。

鈴口を執拗《しつよう》にいじり続けながら、アルスがおれの太ももに顔を寄せた。そして、内ももの肉のやわらかい部分にがぶりと歯を立てる。その刺激に痛みと、ほんのわずかな快楽を感じた。

しばらくしてからアルスが顔を離すと、内ももには赤く鬱血《うっけつ》した痕《あと》がついていた。キスマークのような可愛らしいものではない。まるで犬に噛みつかれたかのごとき、歯型だ。

「ふっ……可愛いぞ、レン」

「えっ……」

ふいに、アルスがそんなことを言った。

その言葉に、ぎしりと身体が固まる。

おれが硬直するのを見て、アルスが戸惑いを浮かべる。

「……なんだ、どうした？　なにか嫌だったか」

「い、いや。嫌なんじゃなくて……ちょっとびっくり、して」

「うん？」

「ほら。今まではお互い誤解があったからだとは思うんだけど……アルスがおれのこと、そういう風に言ってくれるのは初めてだろ？」

可愛いなんて、アルスから言われたのは初めてだ。

その……今までも性交の時に色々と意地悪なことは言われたけれど。

アルスが普通におれを褒めたのって、これが初めてな気がする。状況的に喜んでいいのかは分からないが、ちょっと嬉しい。

そのことをたどたどしくなりながらも、なんとかアルスに説明すると、アルスはじっとおれのことを見つめてくる。

が、次の瞬間、おもむろにおれの陰茎を鷲掴《わしづか》みにしてきた。

「ひぁっ⁉」

「ああ、すまん。貴様がそのような愛らしいことを言うから、つい」

「つ、ついって……！」

「ついいじめたくなった。許せよ？」

一体なにがアルスの琴線に触れたのか、よく分からなかったが――それを追及することはもうできなかった。

アルスがおれの陰茎に指を絡め、こすり上げたのだ。先ほどこぼした潮を幹になすりつけ、ぬるぬると上下に扱く。

それだけではない。今まで触れられていなかった、おれの胸――その頂《いただき》にある乳首。

陰茎を扱く手とは逆の手で、アルスがそこをつまんできた。そして、乳首を指の腹で潰したり、爪先でピンと弾いたりを繰り返す。

「つぁ、やっ、そこッ……！」

「ふ、ここもずいぶんと大きく育ったな。最初は慎ましいものだったが、今ではこんなに赤く、大きくなって……」

「い、言うなよっ……んァッ、ああァッ！」

アルスの言ったとおり、おれの乳首はここに来る前よりもほんの少し大きく、赤く色づいていた。あの秘薬と、アルスの愛撫のせいなのだろう。

そして、成長したのは、大きさや色だけではなかった。そう、感度もである。アルスがぐにぐにと指で乳首を押し潰すたびに、おれの身体にはびりびりと痺《しび》れるような快楽が走る。

「アルスっ……おれ、イッた、さっきイッたばっかだって……！　たのむ、離っ……ァ、っんんンぁッ！」

「ふっ……将来的には服すら着られない感度まで育て上げてやろう」

「だ、だめっ、そこ、ひっかかないでッ……んァ、ぁ、ああァッ、あああああァッ！」

「そうなれば、貴様ももう外には出られまい。俺のそばで生きるしかなくなるだろう？」

アルスが陰茎から手を離し、両方の乳首に指を這《は》わせ始めた。それぞれの乳首の先端にぎちりと爪を立てた時――おれは、二度目の潮吹きを迎えてしまった。

ぷしゃっ、と噴き出た潮は、最初よりも量が少なくなっている。だが、潮を噴き上げている最中もアルスが乳首を揉みしだき、指でつまんで無理やり上に引っ張り上げてくるので、陰茎からは断続的に潮が噴き上がり続けた。

ぷしっ、ぷしっ、と、繰り返して漏れ出る潮。透明な液体は、おれの下腹部だけでなく、アルスの身体や、下のシーツまでぐっしょりと濡らしている。

「つぁ……はァ……」

あまりの快楽――しかし、決定的ではないそれに、おれの身体は燻《くすぶ》り続けていた。

なにせ、アルスはおれの乳首や後孔に触れるだけで、陰茎への決定的な刺激は与えてくれていないのだ。陰茎に触るとしても亀頭が中心で、幹にはあまり触れてくれない。男の身体は亀頭だけの刺激ではイけない。だから、おれの陰茎からは潮が噴き出ているものの、射精には至っていないのだ。

身体がバラバラになりそうな快楽を与えられているにもかかわらず——アルスは、おれに射精を許してくれない。

「アルス……おれ、もう……」

懇願の声を上げるおれに、アルスがついばむようなキスをした。

唇の端からこぼれた唾液をぺろりと舐め取られる。そんなことにすら、快感を拾ってしまうぐらいに身体が昂《たかぶ》っている。

潮を噴き上げ続けた陰茎は、いまだにびりびりとした快楽が続いている。今はもうアルスに触られていないのに、潮とも精液ともつかない薄い液体が、トロトロと溢《あふ》れるのが止まらない。

「っ、ぁ、ちょっ……アルス、もうそこ触るなっ……」

「ここはまだ触ってほしそうに尖っているぞ？」

「ひぁッ！」

下から持ち上げるように乳輪をつままれ、乳首をコリコリと指で揉みしだかれる。

——もう無理だった。限界だ、これ以上耐えきれない。

おれは力の入らない身体をなんとか起こし、アルスの首元に顔を埋めた。

「アルス……っ、お前が欲しい。もう、いれて……」

おれのか細い懇願に、アルスの唇が大きく弧を描いた。

後孔に再び指を挿し入れられ、おれの口からは再び甲高い悲鳴がこぼれた。そして、アルスは自分の服をくつろげる。

「ねだり方も身についたようだな、レン」

ちゅっ、と音を立てて目元に口づけられる。

後孔にゆっくり指が入ってきた。今度は二本だ。内壁をぐにぐにと広げながら、どんどん深いところまで指が進んでくる。指の節がゴリッ、と胎内のしこりにぶつかると、びくびくと腰が痙攣した。

「っ、ぁ、んぁッ！」

「気持ちいいか？　この程度で音を上げるなよ」

「ぁ、アルスッ、そこ、ぐりぐりしないでほしっ……！」

指の節でごりごりと押し潰される前立腺。おれは思わず腰を引いてアルスから逃げようとしたが、アルスに腰を片手で押さえ込まれ、それは叶わなかった。しかも、まるで逃げようとしたお仕置きのように、再びしこりを何度も何度も押し潰される。おれの陰茎は、止まることを知らずに、透明な先走りがぷしゃぷしゃと噴き出し続けている。

「ひぁッ、そこっ、だめだって言ってるのに……ッ！」

「広げないとつらいのは貴様だろう？」

「も、もういいからッ……、もう、早くいれて……っ」

「……っ」

おれの言葉に、アルスが後孔からゆっくりと指を引き抜いた。

おれのそこはすっかりアルスの指に広げられ、真っ赤な口が閉じきらないままだ。

「――本当に、ずいぶんといやらしくなったな」

満足げに浮かべられた、尊大な征服者の笑み。

アルスのその言葉と共に、後孔に熱いモノが押し当てられた。

あ――、と思った時にはすでに、ぐぷりと先端が埋まっていた。

腰を進められ、アルスの陰茎がゆっくりとおれの胎内に収まっていく。ものすごい圧迫感に、一瞬、呼吸すらできなくなる。

「はっ……ァ、はァっ……」

「締めすぎだ、レン。少し身体の力を抜け」

アルスが頭をなでてくれるも、どうにも力が抜けそうにない。

おれがどうしようもないのを見て取ったのか、アルスがおもむろに、おれの乳首に爪を立てた。

不意打ちのような刺激に、「ひっ!?」と声を上げる。だが、その拍子におれの身体の力が抜けたようで、アルスが再び抽送を始めた。

ゆっくりと、身体を慣らすように、おれの胎内を割り開いていく。

「んっ、ふぁっ……!」

アルスの肉棒が、ようやく全部収まった。おれの身体の一番深いところに、アルスの熱く硬い肉棒が届いている。

アルスは腰を引いて、肉棒をおれの胎内から出していく。ぞりぞりと内壁をカリ首で削られる感覚。おれの陰茎から、どろどろと先走りが溢《あふ》れる。

そして、先端だけを残して肉棒を出すと、再びまたゆっくりと最奥まで埋めていく。

「ぁ、ん、くぅッ！　んアぁッ……！」

抽送を数回繰り返したところで、アルスは、肉棒でおれの前立腺をごつごつノックした。脳がスパークしそうな快感に、おれは指先が白くなるほどぎゅうとシーツを握りしめる。

「レン。貴様、自分がどんなにいやらしい格好をしているか分かっているか？」

「ふぁっ、んんぅ……ッ」

「男の肉棒を咥えこみながら、乳首を真っ赤に尖らせて、潮を噴き続けて……これではもう、まともに女は抱けないな？」

「だ、だれのせいだと……んぅッ！」

肉棒を最奥まで突き入れられる。

「ア、ゃっ⁉」

アルスが腰を打ち付けるスピードを上げてきた。

おれの最奥を、アルスの肉棒がごんごんとノックする。

「つ、ぁ、アルスぅ……っ」

とうとう涙が滲《にじ》み始めたおれだったが、アルスはおれの涙声を無視して、大きく腰を引いた。

そして――胎内をこじ開けるよう、力任せにばちゅんと最奥へ叩きつける。

「っ、あ、そんなッ……ぁ、んぅッ！」

腰を打ち付けながら、アルスはおれのびくびくと震える陰茎に指を絡めて、その先端を指でこすり上げる。鈴口を重点的に指でいじくられるたびに、胎内のアルスをきゅうきゅうと締め付けてしまう。

アルスの肉棒を最奥に叩きつけられ、鈴口からは再び透明な液体が押し出されたように溢《あふ》れ出す。身体がバラバラになってしまいそうだ。アルスの肉棒が引き抜かれるたびに、全部が引きずり出されそうな錯覚に襲われる。

「っ、ぁ、アルスぅっ……！」

「ずっと俺のものだ、レン……！」

腰を密着させ、かと思えばずるりと肉棒が出ていく。

そして――勢いよく最奥まで肉棒を突き入れられるのと同時に、とうとうおれの胎内に熱いものが注がれた。胎内に広がる熱の快楽に、おれの陰茎も同じタイミングで白濁液を吐き出す。だが、先ほどさんざん潮を噴いたせいか、おれの陰茎から吐き出される精液は量も勢いも少なかった。射精の快楽は確かに感じてはいるが……あんなに射精したかったにもかかわらず、これだけかと自分でも驚くぐらいである。

おれのそんな様子を見て、アルスは満足げに金の瞳を細めていた。

……これもあのピンクの薬の影響なんだろうか。

さっき、もう女性は抱けないなと言ってからかわれたけれど、もしかしてあれは本気だったのかな……

アルスを問い質《ただ》したい気になったが、今は身体がぐったりとして力が入らない。しかも、そんなおれにアルスが覆いかぶさってきて、顔中にキスの雨を降らせるものだから、色んな意味で気力が削がれてしまった。

「あのさ、アルス。……ちょっとまだ誤解があるようだから、言っておくけど」

「む……なんだ？」

おれの額にキスをしようとしていたアルスの顔を押さえ、言葉を続ける。

問い質《ただ》す気力は湧いてこないままだが——それでも、これは言っておかなければ。

「おれはアルスのそばにいるのが嫌なわけじゃないよ。こんなおれをアルスが望んでくれるなら、ずっとそばにいてやるさ」

……いや、この言い方だと、まだ誤解を生みそうだな。

「ちょっとそれだと違うな。おれが、アルスのそばにいたいんだ」

おれの言葉に、アルスはおかしな顔をした。

嬉しさと混乱がないまぜになったような、そんな顔だ。

「では……先ほどの言葉は、一体なぜ。側仕えをやる必要がないなどと……」

「だから。おれがアルスのそばにいたいだけなんだから、別に側仕えでなくてもいいだろ。それだと……職務だから、アルスのそばにいるみたいじゃないか」

——そうだ。

おれは最初は、自分が助かりたい一心でアルスに近づいたけれども——でも、次第にそんなことを忘れてしまうぐらいには、アルスのことが好きだった。

アルスをここから逃したいと、守りたいと……どこかで幸せになってくれればいいと、そんな風に思うようになっていたのだ。少なくとも、自分の目玉一つかけるぐらいには、そう思っていたのだ。その時の気持ちは、今も変わっていない。

だから、今。

アルスがおれにそばにいてほしいと思ってくれるなら、おれもアルスのそばにいたいと思う。側仕えという職務なんかじゃなくて、自分の気持ちでそう思うのだ。

おれの言葉に——アルスは珍しく感極まった表情でおれを見つめた。

「……レン。つまり、貴様は俺の妻になる決心がついたと、そういうことだな？」

「ん……んんッ!?　ちょ、ちょっと落ち着けアルス！　なんか今、すごく話が飛躍したぞ!?」

「ああ、そうか。そうだな、今の王国の状況で貴様を娶《めと》るのは、少しリスクがあるな……。分かった。貴様を妻として安全に娶《めと》るにはまずあらゆる問題を解決し、安寧《あんねい》を手に入れる必要があるな。反乱分子はすべて排除し、国内にある差別や種族間問題の解決、それに周辺国家の征服ないし同盟を成そう。五年以内……いや、三年以内には終わらせてみせる。俺と貴様の婚儀はその後だ、盛大にやるとしよう」

アルスの奴、「そうだな」とか言ってるけど、これ、絶対話通じてないだろ！

妻とか、どういう思考回路でそうなったのかな⁉

い、いや、アルスの奥さんが嫌だとかそういうわけじゃないんだけどさ……

でも、おれがアルスに抱いている感情と、アルスがおれに抱いている感情って、普通の恋愛感情や夫婦関係とは大きく外れてる気がするんだよな……

いや、お互い色々あったからそれは仕方がないんだけど……

アルスの妻かぁ……

村人Aが魔王の花嫁とか、えらく大出世だよなぁ。

なんて言えばアルスを納得させつつその話をお断りできるのだろう……と思いつつ、アルスを見上げる。

おれと視線がかち合ったアルスは——ふっ、と微笑をこぼした。

それは、とても満ち足りた、穏やかな表情で。

おれが今までの人生で見たものの中でも、ひときわ美しい微笑みだった。

「…………」

その微笑を、息を呑んで見つめる。

おれはかつて——あの村でアルスを見つけた時に「この子の笑顔をいつか見てみたい」と思った。

そして、それは今あっけなく叶ったらしい。

なら——もういいかな、と思った。

ここまで来るのに、色んなものを切り捨てたり、逆に、切り捨てられたりしたけど。でも、対価を払う価値はあったと、ようやく思えたのだ。

アルスがこうやって穏やかに笑ってくれるなら——おれの今までは報われたと素直に思えた。

「……アルス」

「なんだ？」

「どういう形になるかは分からないけど……とりあえず、これからよろしくな」

まったくセンスのない、そして締まらないおれの言葉に、それでもアルスは嬉しそうに微笑んだ。

「……明日の朝は、朝食を共に食べるとするか。まだ、約束を果たせていなかったからな」

「そうだな。明日も、その後もずっと一緒に食べよう」

おれがそう答えると、アルスは顔を寄せてきた。おれも彼に合わせて、そっと瞼《まぶた》を伏せる。

そして、どちらからともなく、口づけを交わした。

今までした中で——一番優しくて、そして愛情のこもったキスだった。

エピローグ

——青白い月明かりが差し込む部屋の中は、静謐《せいひつ》に満ちていた。

聞こえるのは、自分の呼吸音と、もう一人の穏やかな寝息。それだけだ。

今日は珍しく静かな夜で、町の喧騒もほど遠い。だからまるで、この世界に自分たち二人だけしかいないかのような——いや、逆にこの場所が世界から切り取られたかのような、そんな錯覚に襲われた。

……いや、錯覚ではないか。

自分がその気になりさえすれば——実際に、そうすることもできた。

たとえば、この国に住む普人族どもを一人も残さず焼き払い、ここを魔族だけの国に変貌させて、誰にも邪魔をされずに二人きりで過ごす。あるいは、この男を攫《さら》ってこの国を去り、海を越えて、誰もいない無人島にでも結界を張って世界から隔離して過ごす。

自分の力さえあれば——それは実のところ、三日もかからずに、大した苦もなくなし得ることができる。

「ん……」

ふと、隣の男が寝返りをうった。

その横顔が、青白い月明かりにうっすらと照らされている。

穏やかな寝顔だった。すうすうと寝息を立てている姿に、胸の奥から愛おしさがこみ上げる。

自分がそのような手段を実行しないのは、ひとえに、目の前の男がそれを望まないだろうからだ。

この男がこの国の宿屋で働きながら暮らしていた際の人となり、人間関係……そういったものは、再会するまでの間に部下を使ってすべて調べ上げている。そのおかげで、男自身が知りえない、男自身の人間関係すら自分は知っていた。たとえば、この男に好意を寄せていた宿屋の常連の冒険者とか、逆に、この男を疎《うと》ましく思っていた者の存在などだ。

まぁ、彼らの話はともかくとして——前者も後者もすでに終わらせた話だ。

男が、誰かと関わるのを好む性質であることは分かっていた。だから男の意思を尊重するために、そういう手段を持ち出すのは最後にしようと決めていた。

将来的に、そういう手段を選ばなければならない時も来るかもしれないが……まぁ、それは今ではない。

その頃までには、この国の問題もできる限り片付けておきたいものだ。下手に追手などかかっても煩《わずら》わしい。

——自分は、王の地位に未練はない。

奴隷として虐《しいた》げられていた魔族を助けて革命軍を指揮したのも、他種族である獣人族を助けて革命軍に組み入れたのも、すべては一つ——この世界のどこかにいる、たった一人を捜し出すための手足が欲しかったからに他ならない。

王の地位は、自分の自尊心を満たしてくれるものではあったが、そもそもが手段の一つに過ぎない。手放すことは惜しくはない。

とはいえ、同族や部下への義理は感じている。彼らがいなければ、自分はこの男と再会することはできなかったのだから。だから、この国をいつかあとにするにしても、この国をよりよい国へと変える責任は果たすつもりだ。

「……いや、同族ではないか。ついぞ、俺の同族はいなかったのだったな」

魔族を『同族』と言い表すのも、最近は慣れてきた。

だが、実際には同族ではない。

――自分は、魔族の父親と、普人族の母親の間にできた半人半魔である。

そのような生まれ方をする者は稀《まれ》という話は聞いていたが、ついぞ、普人族と魔族のハーフである『本当の同族』に出会うことはできなかった。

「……あの者たちは、俺が半人半魔だと知っていたら、そもそもついてこなかったのだろうな」

先日の反乱軍の青年たちを思い出し、苦笑をこぼす。

普人族の奴隷であり、普人族を恨み続けていた彼らだ。この自分が普人族と魔族のハーフだと知っていたら、彼らは革命軍に参加はしていなかっただろう。

いや、彼らだけではない。

かつて自分が革命軍を起こした初期――自分が半人半魔の存在だということが、ひょんなことから一部の者に漏れた。まだ、バルトルトやエルミがいなかった頃のことだ。

自分としてはどうということもない、ただの事実だったのだが——結果、それを知った魔族の者たちは革命軍から去っていった。

あの時、その事実を知る者をすべてこの世から葬《ほうむ》り去っていなければ、革命軍はリスティリア王国に攻め入るよりもはるか前に、内紛によって瓦解していたかもしれない。なんという笑い草だ。

……そう。この世界に、自分の同族はただの一人もいない。

魔族には半人半魔と知られれば軽蔑され、疎《うと》まれる。

他種族にはその魔力の強大さから恐れられる。

だから、自分が半人半魔であることは、誰にも明かしていない。この目の前で穏やかな寝息を立てている男以外には、誰にも。

そう。自分には——世界に、たった一人だけなのだ。

なんの見返りも必要とせず、自分を恐れもせず、疎《うと》むこともなく——なんの役にも立たなくても、それでいいと笑いかけて、話しかけてくれた者は、世界にたった一人だけなのだ。

自分がそのことに気がついたのは、その者を失ってからだった。

まったく、皮肉な話だ。

まだ幼かった頃。幼すぎて、なにも分からなくて、なんの力もなかった頃。

自分は、かけがえのない、たった一人に置き去りにされた。

彼に置いていかれ、呆然として——それでも、言われたとおりにどこかへ行かねばならないのだと思い直して、でももしかすると戻ってきてくれるかもしれないと淡い期待を抱いて、戻っても彼がいないことに絶望して、それを何度も何度も何度も繰り返して——最後にようやく諦めがついて、森を抜けた。

そこで出会ったのは、幸運なことに魔族を中心に構成された旅団だった。

彼らに合流して、どうにかかくまってもらった。最初のうちはよかった。彼らはみんな、自分に優しくしてくれた。そのあたたかさは傷ついた心に滋養のように染み渡った。

しかしある日、モンスターの群れが旅団を襲ったのだ。

旅団の数よりもはるかに多いモンスターの数に、自分は恩を返すべく、魔法をふるった。ふるってふるってふるい続けた。

そうしてどうにかモンスターの群れを殲滅《せんめつ》した時——振り返った旅団の者たちは、皆、怯えのまじった表情で自分のことを見つめていた。

……その後のことは、あまり思い出したくない。

そんなことが何度も続いた。

はじめのうちはいいのだ。だが、自分の持つ魔力や魔法を行使するたびに、あまりの強大さにだんだんと怯えをないまぜにした表情でこちらを見つめてくるようになる。

時にはそれでも、長く付き合うことができた者もいた。だが、そういう者たちも、自分が半人半魔だと知ると「下等種族の混血児が」と罵倒した。

……自分は絶望した。

絶対の理解者なんてものを求めたわけじゃない。

ただ、誰でもいいから――そばにいて、笑いかけてくれてほしい。話をしてほしい。

それだけの願いすら、自分には叶わなかった。

……いや、叶わなかったのではない。

その願いは、かつて、とっくに叶っていたのだ。

けれど、そのかけがえのないたった一人に、自分は置いていかれたのだ。

そこで――自分の気持ちが、ぐるりと反転した。

それまで彼に対して抱いていた愛情や罪悪感、役に立てなかったことへの後悔――それらがすべて、憎悪という真っ黒な炎となり燃え上がった。

――なぜ、自分に優しさや安らぎなんてものを教えたのだ。人のぬくもりを教えたのだ。

そんなものを知らなければ、自分はこのような苦しみを味わうことはなかったのに！

なぜ――なぜ、自分を置いていったのだ、裏切ったのだ!?

足手まといだというのなら、なぜ、あの時に自分を助けるような真似をした！　この俺を哀れんでいたのか？　たった一時の気まぐれだったのか？

この俺が可哀相なモノだったから、怯えや恐れを感じなかったというのか？

好意、愛情、憎悪、執着心、嫌悪、悔恨、罪悪感、後悔、侮蔑《ぶべつ》、復讐心――自分のすべての思いが、たった一人の存在に集約された。

会わねばならない。そう思った。

もう一度会おう。

なんにせよ——もう、自分には彼だけなのだ。

あの時の言葉どおり——自分が置いていかれた理由が、自分の力不足というのなら。

今度は足手まといと思われないように、強力な力を手に入れよう。強力な手足を手に入れよう。

なんなら、国さえ支配してもかまわない。その程度でまたあれが自分のそばにいてくれるのなら、恒久的に平和な国を築いてみせよう。

だが、もしもそれ以外の理由があるのなら——たとえば、もともと自分を利用するつもりで近づいてきたのだとしたら。同情心から優しくしただけだとしたら。

それならそれでまたよしだ。それならば今度こそ、「自分と対等な者はこの世にいないのだ」と世界に絶望できる。一筋の希望なんてものがあるから辛いのだ。

あの男の底の浅さに絶望したら、世界に絶望することができたのなら、その時はこの持てる力すべてをふるって世界を炎に包もう。

「……ふっ。そう考えると、貴様は世界を救ったのかもしれんな？」

傍らの男に語りかける。

だが、男は自分が世界を救ったことなんて知らぬまま、穏やかな眠りを享受していた。

その右目に走る傷と、もう見えなくなっている瞳。その傷を負った経緯——それらを思うと、仄暗い思いがふつふつと湧いてきた。

……失明した右目を回復させることは、自分の力なら容易だ。

だが、その申し出はあっさりと断られてしまっていた。なんでも、「この傷は、おれの人生の一部だからな」とのことだ。そう語った彼の微笑みは自然なもので、無理をしている様子はなかったので、こちらも頷くしかなかった。

――本来ならば、この男に、自分以外がつけた傷痕が残っているのは、とてつもなく耐えがたいことだ。

しかし……この傷痕は自分への戒《いまし》めとなるだろう。

そう思うと、頷くしかなかった。

そう。あの時、この男を手放したのは、自分の人生で最大の愚行だった。

なにを言われても、一人で行かせるべきではなかったのだ。自分もあとを追うか、この男を無理やりにでもそばにいさせるべきだった。

この傷痕を見るたびに、この男に傷をつけた奴への嫉妬と、みすみすそれを許した自分の愚挙への苛立ちが浮かぶはずだ。それは、なによりの自分への戒《いまし》めとなるだろう。

――これは、もうなにが起きても絶対に手放してはいけないモノだ、と。

「ん……アルス……？」

その寝顔をじっと見続けていたせいか、男がうっすらと目を開けた。いまだに半分夢の中にいるのか、こちらを見つめてくる瞳は茫洋《ぼうよう》としている。

その瞼《まぶた》に掌をのせて、男の視界を遮《さえぎ》った。今、この男に自分の顔を見られたくなかった。今の自分がどんな表情をしているか、知られたくなかった。

征服心、嗜虐心、執着心。なによりも大事にしたい、傷つけて泣かせたい、誰にも見せたくなくてずっと閉じ込めておきたい、朗らかに笑っていてほしい。

捧げる思いがすべて矛盾していた。それは自分でも分かっていたが、抑えることはできなかった。そんなものがドロドロと入り混じったこの心は、きっと愛と呼ぶにはふさわしくない。もう、そんな純粋な心には戻れないのだ。

だから、きっと今の自分は酷い顔をしているだろう。

「まだ眠っていろ。ああ、そうだ……今日は忙しくなるからな。おやすみ、レン」

――夜明けは、はるかに遠い。

この作品に対する皆様のご意見・ご感想をお待ちしております。
おハガキ・お手紙は以下の宛先にお送りください。

【宛先】
〒150-6008 東京都渋谷区恵比寿4-20-3 恵比寿ｶﾞｰﾃﾞﾝﾌﾟﾚｲｽﾀﾜｰ 8F
（株）アルファポリス　書籍感想係

メールフォームでのご意見・ご感想は右のＱＲコードから、
あるいは以下のワードで検索をかけてください。

アルファポリス　書籍の感想　検索

ご感想はこちらから

本書は、「アルファポリス」（https://www.alphapolis.co.jp/）に掲載されていたものを、
改稿、加筆のうえ、書籍化したものです。

魔王《まおう》と村人Ａ《むらびとエー》 ～転生《てんせい》モブのおれがなぜか魔王陛下《まおうへいか》に執着《しゅうちゃく》されています～

秋山龍央（あきやま たつし）

2023年 5月 20日初版発行

編集－塙綾子
編集長－倉持真理
発行者－梶本雄介
発行所－株式会社アルファポリス
〒150-6008 東京都渋谷区恵比寿4-20-3 恵比寿ｶﾞｰﾃﾞﾝﾌﾟﾚｲｽﾀﾜｰ8F
TEL 03-6277-1601（営業） 03-6277-1602（編集）
URL https://www.alphapolis.co.jp/
発売元－株式会社星雲社（共同出版社・流通責任出版社）
〒112-0005 東京都文京区水道1-3-30
TEL 03-3868-3275
装丁・本文イラスト－さばるどろ
装丁デザイン－AFTERGLOW
（レーベルフォーマットデザイン－円と球）
印刷－中央精版印刷株式会社

価格はカバーに表示されてあります。
落丁乱丁の場合はアルファポリスまでご連絡ください。
送料は小社負担でお取り替えします。

ISBN978-4-434-32022-4 C0093